ことばのこころ

＊

中西 進

Nakanishi Susumu

東京書籍

ことばのこころ　目次

ことばのこころ

はじめに

日本語を考えるとは、何とおもしろいことか。日本語を考えていると日本の歴史がたちまちわかってしまい、日本人とはどんな人間かつくづくと知られ、うーんと感心してしまう。

いちばん簡単なようでいて、わかりにくい説明をしている単語に「モノ」がある。物体をさす場合があるかと思うと、物の怪《け》のようにふしぎな働きを意味する場合もある。かと思うと「物す」などと、何物かを言うこともある——といった説明をするから、とてもわかりにくい。

しかし、もっとも基本的でたいそう古そうなことばだから、歴史的にも最古層のものらしい。となると縄文語だろうか（これが絶滅したと決めつける説には、根拠がない）。しからば太古、日本列島は太平洋文化圏に属し、今日になお南方系言語の要素を残していると考え、メラネシアを中心とした「マナ」が〝海上の道〟を通ってやってきて日本語の「モノ」になったと考えられる。マナ↓モノはごく一般的な日本語の変化である。

モノとはマナであった、と思った時の爽快な解決感。物はすべて浮遊し、付着しつづける霊格をもつと縄文時代の日本人は信じ、それを基層として現代まで生活しつづけてきたのである。

ついで大陸文化を受け入れる大陸文化圏に編入された日本は、「コム」（熊）を神として祭るユーラシアの一員となり、コムをカミと発音して信じるようになった。弥生時代のことだ。

このころの大陸文化の輸入による単語は、中国語そのままに伝来したものが多い。コという愛称をつけたコマ（小馬）、コメ（米）や中国語そのままの稗（ヒエ）、麦（ムギ）など、外来語が日本発音で定着したものが多い。

「カリ」（雁《がん》）が中国音を元としていることは、北方大陸からの渡り鳥を食用とするにともなって、しだいに日本語でのよび名が広がっていった結果と思われる。

ところが五世紀以降の国家の成立期には、クニ（郡）、トノ（殿）、キミ（君）などの制度に関する外国語が音をそのままに輸入され、日本語訛りで定着した。

外来語が多いことは、今日もそれを拒否しない日本語の特性で、日本語はコロニアル（植民地）言語だという説まで生んでいる。

その他その他、日本語を歴史に照らしてみると食生活まで復元できるのだから、日本語を「日本史のインデックス」とよぶことが可能だ。

机上で一日ことば遊びをしていても、あきることはあるまい。

一方、歴史の検証もさることながら、日本語が何を指示したかったことばかと考えると、これまたいろいろとおもしろい。

実例について述べた方がわかりやすいだろう。たとえば、「ハナ」という単語は花も鼻も先（船が岬のハナを廻る、というような）もさす。そこで、いったいどのハナだ！ といった混乱もおこる。

しかしどのハナかは叙述によってわかることで、単語としては最初から区別していない。わたしはこのことを、日本語は「物体」によってそれぞれに名前をあたえないことばだ、と言ってきた。「物分類」ではないのである。

それでは、何で分類するのか。花も鼻も先も、突出するという状態が同じだから同じ単語をあたえるという「働き分類」である。物体としての差異は無視する。

お尻も後《うしろ》もシリ。「タツ」という動詞は人が立ち上がっても、人の噂が立っても、俤《おもかげ》に顕《た》っても、タツである。

その点では、いちいちに漢字を宛てて区別する中国語とは正反対といっていいだろう。「アル」という動詞はアが一人称であり、いちばん単純な発声とあいまって、もっとも根元的な内容を指示するにちがいない。

そのとおりでアルは生《あ》るであり、在《あ》るである。自分であるアにルをつけると誕生、誕生とはすなわち存在だというのだ。

誕生であり存在するとは、おそらく英語でいう原形の be とひとしい思考方法だろう。アルは be 動詞型思考である。

しかももう一つ、荒《あ》るという動詞もある。無垢な be に変動が生じることもアルであった。また「荒ら」にタをつけると「新《あら》た」、それにもう一つムの語尾音節をつけると「改《あらた》む」となる。悔い改めるとは日本人にとっては後悔して自身を新しくすることだった。そして新しくするとは再度生まれることであった。

なるほど、人によっては改悛のしるしに指をつめる（死の模擬である）こともある。あっぱれ生まれ変わるという日本語の特質に、のっとった行為となる。

じつは右のカテゴリーの作り方とは、ことば側からいえば、一つひとつの単語が、われわれの常識では別物と思われる内容をも持つことに他ならない。そのことの示唆も多い。

このことについても、すでにわたしは幾度か書いてきた。拙著『日本語の力』（集英社文庫）でもあげた例だが、「諦める」という単語が「明らめる」だと気づいた時の衝撃は、いまだに忘れがたい。

昔から諦めるとは、断念してしまってもう降参だという程度に思っていた。ところが、明らかにするということばだった。

徹底的に疑問に向かい、吟味しつづけ、すっかり明白にする。その結果どこにも不明はない、この努力の果てに、やっと、これ以上はできないよというのが日本人の「あきらめる」であった。

もっともこれはgive upの原義にもひとしいだろう。英語でも深く尋ねれば本質的な内容に到ることも多いはずだが、独自にものごとの深い認識を示す日本語も多い。

卑近な例でいえば、人間の背中に一本しっかりと通っているものをホネということに気づいた時は、厳粛な気持ちになった。秀根《ほね》——すぐれた根が骨とは。

なるほど植物は根があって生命が誕生する。動物は骨髄の働きが生命をつぎに伝える。まさに根である。

万象への深い認識を示す日本語に、わたしは脱帽しつづけている。

Ⅰ　こころを見つめることば

あゆの風　あゆのかぜ

春、東から吹く風のこと。「こち」ともいう。

日本列島は時計廻りに四季それぞれの方角から風が吹く。春の東風から冬の北風まで、風は一年という大きな時計盤の上を、四季を告げつつ廻る針とひとしい。

平安時代、武蔵野のさる所には、酒がめの上に杓《ひしゃく》を結びつけておいたらしい。風に吹かれる方角によって季節の変化を知る装置だった。

だから、杓が西の方へ吹かれるようになると、さあ春の到来である。草木も芽ぶき、人びとは厚着を捨てて、野外の仕事をはじめる。そんな喜ばしい風が東の風だ。

これを「あゆの風」といった。別に「こち」というのも、菅原道真が九州へ左遷された時の「こち吹かば匂ひ遣《おこ》せよ梅の花　主なしとて春な忘れそ」（拾遺集）で、知る人も多いだろう。

しかし「あゆ」も負けていない。いまの地名の「愛知」は、もともと「あゆち潟《がた》」から始まる。ここはあゆの風が特徴的な海岸だった。また北陸、越前の遊女は、あゆの風に向かって「わが便りを故郷の母に送ってほしい」と歌った。なぜならお前は「心合《あ》いの風だから」と（催馬楽《さいばら》）。

「あゆ」と「あひ」をかけたのである。

生き別れになった娘の消息を届けてくれるのも、春の暖かい風だからだろう。

あゆの風は長く広く、春の到来を告げる暖かい風として人びとに喜びをあたえ、やさしく母を思う心を抱かせつつ、日本列島を吹き渡ってきたのである。

うらら

春のゆったりとした情感を言う。

「春の　うららの　隅田川」という歌がよく知られているように、春の気候を表す代表的な単語である。漢字では「麗」という字をいちばんよく宛てるだろうか。「春日、遅々《うらうら》」という表現もよく見かける。

しかし、日本語として考えてみると、どうも少しちがうような気がする。

「うらら」は「うらうら」が縮まったものだから、本来は「うら」が中心である。そこで「うらら」の仲間を集めてみると「潤《うるお》いがある」「感動して目も潤《うる》む」などといい、「悲しくて心もウルウルだ」とくだけていったりする。だから、中心にゆたかな水分がある快さでないと、「うらら」とはいえない。それでこそ空中に水分の多い春に「うらら」というのだろう。

反対に秋は「爽やかだ」といい、秋はとくに「秋うらら」という。

有名な「大和し美《うるわ》し」というのも春霞《はるがすみ》が柔らかにおおっている大和の風土をいうのだろう。

したがって現代語の「麗しい」も、「うるわしい」というからには、やさしい感情をたっぷりとこめた美しさをいうことばでありたい。

「麗人」といわれる人は目鼻立ちが整っているばかりか、瑞々《みずみず》しい美しさをもっていてほしい。「うつくしい」とは本来愛すべきものということ。これも美の要素にやさしさを要求しているのだから、日本の美はとても心情的なのである。

風見草　かざみぐさ

梅の別名。中国から渡来した植物。春に先がけて咲く。

「風見草とは何か」とクイズに出そうな気がするほど、ウメと縁遠いようだが、そもそもウメは香りのよさをもって愛された。あたりに漂う香りによって、風向きがわかるから「風見草」という。「風見鶏」と同じである。

ちなみに松竹梅と並べていう理由は、松の梢が風によって美しいひびきを立て（これを松籟《しょうらい》という）、竹がすっくと立つ姿の美しさをもち、ウメがかぐわしい匂いを発するからである。つまり、聴覚、視覚、嗅覚の三つにわたるよさを取り合わせた熟語だった。その点からも「風見草」の異名は納得できるだろう（「くさ」とは材料といった意味）。そこでウメには他に「匂草《においぐさ》」「風待草」というよび名もある。

菅原道真が左遷された時の歌（12ページ）も、ウメと風と匂いの関係からよまれた一首だった。日本の詩歌の流れの中で、ウメは七、八世紀にも外来植物として貴族に愛好されたが、花は美しさを愛することが主流だった。ところが平安期になると、これほど匂いが愛されるようになる。

その点からも道真の一首はハイカラで、風流の先端をいくものだった。しかも風見草は匂いを直接いわず「風見」とだけいったところにこの単語の優雅さがある。もちろん由緒を知る教養に支えられてこそ、優雅さも匂い立ったのである。

鴨の羽色

かものはいろ

アオクビといわれるカモの羽のような色のこと。

万葉集に「鴨の羽（の）色」という美しい表現をもつ歌が二首ある。

水鳥《みづとり》の鴨の羽の色の春山の　おほつかなくも思ほゆるかも　笠女郎《かさのいらつめ》（巻八、一四五一）
（カモの羽色の春の山のように、あなたをお慕いするわたしの心はおぼろです）

水鳥の鴨羽《かもは》の色の青馬《あをうま》を　今日見る人は限りなしといふ　大伴家持《おおとものやかもち》（巻二十、四四九四）
（カモの羽色の青馬を今日見る人は、無限の齢を得るといいます）

カモは褐色の鳥だが、首に暗緑色の羽をもつ種類をアオクビとよぶ。これに目ざとく注目した笠女郎という才女が、春のきざし始めた山のぼんやりした緑のさまを「鴨の羽（の）色」とよんだ。

青だといい暗緑色だといわれると、読者は迷うかもしれないが、そのはっきりしない、多少重くもある色調こそが、恋人を思う女心のかげりなのである。とくに同じカモ目のオシドリを連想すると美しさもよくわかる。

この歌を送られたのは若き家持。ところが二十五年後、彼はこのことばを青馬《あおうま》の形容に用いた。長く忘れがたかったことばだったのである。こちらは宮中新春恒例の白馬の節会《せちえ》の歌。晴れの歌だが、裏側にひっそりと古い恋の残り香を秘めた気持ちにだれか気づいたろうか。

必ずしも出世が順調でなかった家持が、生涯あたためていた色が「鴨の羽色」だった。奥の深い、味わいが濃い色ではないか。語呂も美しい。

きさらぎ

陰暦二月の異名。

「きさらぎ」は二月のことだと、みんな知っている。意味も「着《き》、さらに着」と説明される。わかりやすい。

そうなると、ついつい、当たり前のこととおろそかにしがちになるが、よく考えると、なかなか味がある。

太陽暦のカレンダーでは十二月に冬至となり、この日、太陽が出る時間は一年中でいちばん短い。だから太陽に暖めてもらう上では、冬至がもっとも寒いはずだが、寒暖計はそのあともどんどん下がって、二月に最低となる。やはり二月を「きさらぎ」というのは、正しいのである。みんな、たくさん着込んでまん丸になっている格好が、ユーモラスで楽しい。二月はいちばん仲好しになれるような気がする。「着ぶくれ」の楽しさ。

一方、着物は昔から魂が着くものとして大切にされた。だから、帝から着物をいただくのはたいへん名誉なことだった。その名残は着物のおさがりにもある。兄や姉のおさがりは、兄や姉が体ごと包んでくれることを意味した。

重ね着を想像すると、それぞれの衣類の魂から総攻めにあうような具合だった。「きさらぎ」はもっともたくさんの衣類を重ねるのだから、悲鳴をあげながら恩恵を受けなければならない。だから重ね着は、あんなに暖かいのである。

猫柳　ねこやなぎ

春先き、花の穂が猫の毛を連想させる。


猫柳を見ると、ああ春だなあと思う。もうこのころになると、少しずつ顔を見せていた春とはちがって、すっかり春の実感に包まれている気もする。

川べりにうれしく見かけることもあるし、花屋の店先に、どっさりと仕入れたものを見ることもある。すると、春を買いこんできたな、と思う。

あの猫の毛のように見えるドングリ形のものは花の穂だそうで、なるほど小さな花を垣間見ることがある。

それにしても猫の毛を連想して命名したことの卓抜さ。同じような花の名のつけ方でもススキの方は尾花といい、こちらは馬の尻尾にたとえたものだから、優雅さは、だんぜんちがう。とくにやわらかな、降るともなき春雨に濡れていると、ことのほか美しい。

猫はすぐ、猫じゃらしという草を思い出させる。子どものころ、これで猫をじゃらしたものだ。ところがこの草は別名エノコログサ。エノコロとは犬の子のこと。穂を犬の尾に見立てたのである。だから猫柳の方も、別名としてエノコロヤナギがある。

要するに見立てにも、犬派と猫派があったことになる。世の中、犬派と猫派は源平ほどに仲が悪いが、植物については、猫柳や猫じゃらしの名は聞くが、エノコロ柳やエノコロ草はとんと聞かないから、どうやらこちらの源平合戦は、猫派の勝ちらしい。

翁《おきな》草のことまでネコグサというのが、駄目押しである。

花衣　はなごろも

花見のときにまとった着物をいう。特別な着物があるわけではない。

四月になると、毎年のことながらどこの桜を見ようかと、心が浮かれてくる。新聞にも花だよりが掲載され、どこが何分咲きと、親切に教えてくれる。花だよりは、とくに地方紙に多いように思う。

さてそのお花見にいく時に、桜にふさわしい服を選んでいこうとは、もう現代人は考えなくなったが、それでも女性の和服などには、まだこの優雅さが残っているのではないか。

しかし花衣ということばは、特別な着物というより、偶然にせよ、花見に着ていった衣服が、花見の情緒にそめられて華やいだものとなる、そんな衣服を命名したものである。

心理が作った衣だ。日本人はそんな造語の達人だった。

だから花衣は花見のなごりの心から誕生する。花見から帰ってきて、衣服を脱ぐ時、ああこれは花衣になったと、思うことになる。

桜には情念を誘う妖しさもある。あふれるようにたっぷり咲くと、桜の情感は重い。「花疲れ」というすばらしいことばも、日本語にはある。

杉田久女の名句、

花衣ぬぐやまつはる紐いろいろ

も、花疲れの中にある衣服であろう。散乱して目もあやな幾条もの紐は、絢爛とした満開の桜の中にあった花衣と縺《もつ》れあって、春ならではの情感を深めるようである。

花たぬき　はなたぬき

桜の花に浮かれる人をたぬきに見立てた造語。

京都は東の鴨川も、西の嵐山をすぎて流れくだる桂川も、所どころの堤に美しい桜並木をつらねる。

春もうららかに気候が定まると昼は絢爛とした風情を誇り、夜は月をおびることもあって、妖しく美しい。

そんな妖しい風景の中に、花に酔いしれたタヌキが現れてもよいだろう。いわく「花たぬき」。

いや、夜桜見物の客が、タヌキのひろげる花むしろの酔客となり、大いに盛り上がるかもしれない。そんな人をタヌキとよぶのがおもしろい。

「花たぬき」とはそれほど言い得て妙だ。たっぷりと俳味もある。

夜桜の客といえば与謝野晶子の名歌、

　清水へ祇園をよぎる桜月夜　こよひ逢ふ人みなうつくしき

がある。これが和歌としての最高傑作なら、その美しき人こそタヌキだというのが俳諧の真骨頂だろう。

證誠寺のタヌキは月夜に腹つづみを打つ。

それなら、夜桜見物の都のタヌキが酒に酔い、美味を食して舌つづみを打って、花の狂客となってもよい。

ふらここ

ぶらんこのこと。中国では鞦韆《しゅうせん》という。春の季語。

昔「ふらここ」といっていたものが、いつからか「ぶらんこ」というようになった。「ぶら」と「ぶら」とは大違いで、「暇だからぶらぶらする」と「酔ってふらふらになった」とでは様子がまったく別だろう。ぶらの方はだらしなくて品が悪い。ふらここは優雅だ。

また「ぶらんこ」というと乗る人のない物がだらりと下がっている感じで、「ふらここ」というと、ゆらゆら揺れている感じがある。やはりこの遊び道具は元に戻して、ふらここことよぼうではないか。いや十世紀ごろからの日本では、「ゆさはり」（揺さぶるの意味）といったから、こちらでもいい。

そもそもこの遊具は、中国の北方民族のものだった。彼らは寒食《かんしょく》のころ（冬至から百五日目、平成二十八年は四月三日）鞦韆に乗って遊んだ。紀元前七世紀のころのことだ。これが中国へ入って春節（立春のころ）の遊びになった。要するに春を迎えて、いままで生命力が衰えていた自然に活力を与えるために、万物を揺れ動かす呪術の道具だったのである。

そうなると、もうぶらぶらしていたり、だらんと垂れ下がっていてはいけない。大きく揺らして空中に舞い上がる必要がある。春の空はうららかに光がみちている。半ば仙人になって天へ昇る気分もある。

だから盛唐の玄宗皇帝は宮廷の女性に大人気だったこの遊具を「半仙戯《はんせんぎ》」と命名した。わたしたちもふらここで、胸いっぱいに空気を吸って、春の夢をみたい。

めかり時　めかりどき

蛙が鳴きたてる春の夜、思わず眠気にさそわれること。春の季語。

中国の有名な詩に「春眠暁ヲ覚エズ」（孟浩然「春暁」）とあるように、春の夜はついうとうととしたり、朝になっても何となく気だるい。まぶたが重く垂れ下がってきて、目が開かない。なぜだろう。古人はこれを、蛙《カエル》がやって来て、目を借りていってしまったからだと、考えた。目が借りられてしまっていては、まぶたを開けてみても、目がない以上、開くどころではない。人間、忙しい時は「猫の手も借りたい」。それなら蛙が目のほしい時に、人間さまから目を借りることだってあるだろう。

それにしてもどうして蛙なのか。あのギョロッとした目はりっぱでありながら上の方につきすぎているから、立ち上がろうものなら目は後ろ向きになってしまう。そこで見当違いを「蛙の相撲」とか「蛙の行列」とかいった。

「蛙の頬冠《ほおかむ》り」といえば、目をふさいでしまうばかりに、目先がきかないことになる。可哀想な蛙。しかも蛙だって春の夜は眠い。ただでさえ目がままならないのだから、人間からお借りしようというのも当然だろう。春宵の穏やかな眠気。おやおや、蛙が目を借りに来たぞ、という次第だ。そんなやわらかな情感を、

煙草吸ふや夜のやはらかき目借時

と俳人の森澄雄は詠んだ。煙草のくゆる煙が情感を一入《ひとしお》にする。ためらわずに目を貸してやろう。猫に手を借りる時もあるのだから。

山笑う　やまわらう

冬の間眠っていた山が目覚め、笑うように華やぐこと。春の季語。


日本は四季の変化が目まぐるしい国である。山もまた然り、それぞれに姿をかえる。その一つ、春の山は笑っているというのだ。春とともに山には新芽が萌え出し、ブナなどの梢は真っ赤に、それこそ燃え出したようになる。それとまじって萌黄色の葉々が重厚な濃緑の枝先と交響曲を奏でる。まさに春の到来を祝って、笑いさざめいているようではないか。

カレンダーが一日一日と日を刻み、立春をすぎると、山の笑う姿を日々待ちわびるようになる。これも二月の楽しみの一つである。

ただ「山笑う」ということばは、中国からやってきた。その歴史も知っていると「笑う」姿を見る楽しみも増すのではあるまいか。

中国は宋の時代、画家の郭熙《かくき》という人が次のように言ったという。


春の山は淡冶《たんや》にして笑ふが如く、夏の山は蒼翠《さうすい》にして滴《したた》るが如し。秋の山は明浄にして粧《よそほ》ふ如く、冬の山は惨淡《さんたん》として睡《ねむ》るが如し。


「淡冶」は「あっさりしてなまめかしい」様子。

こうして四季それぞれを区別して山を見てすごす生活を、現代人はとかく、忘れがちだ。笑い方にしても一様ではあるまい。粧い方も眠り方も。しかも四季とも山を女性にたとえている。笑う美女、若さあふれる美女、美しく化粧した美女、眠れる美女と。美女も対話の相手を、ほしがっているにちがいない。

雪の果　ゆきのはて

春になって思いがけなく降る雪。雪のおしまいと考えた。春の季語。

陽暦の四月になってからも、雪の降る年がある。とくに昔はよく雪が降って、思わぬドカ雪だったりした。こうした春の雪を、もうこれで雪も終わりだろうと思って、「雪の果」といった。だから別に「雪の終わり」といったり「終雪《しゅうせつ》」といったりする。

しかしはたして終わりとなるかどうか、人間にはわからないから「雪の果」という表現には、何か不分明な情調が漂っている。

終わってほしいと思う人は願望までこめてこうよぶのだろう。しかし一方われわれには、もうこれでいよいよ雪もしまいかと思う心もある。だから終わってしまうのも残念だとばかり「名残の雪」といったり「雪の名残」とささかさにしてよぶこともあった。

名残惜しさに答えてくれるように、ほんのちょっと降る。冬中、猛威を振るった雪にくらべると、いかにもやさしい、わずかな雪だ。そしてまた、冬が去った後に、忘れられた雪があわてて降ったようだから「忘れ雪」ともいう。春の雪は、親雪が残していった忘れ形見だったとは。しかもすぐ消えてしまう、薄幸の遺児である。

こうした雪をもう一つ「涅槃雪《ねはん》」「雪涅槃」というから、陰暦二月十五日（平成二十八年は陽暦の三月二十三日）のお釈迦さまの入滅のころに、よく雪が降ったのだろう。昔の人は、この雪をお釈迦さまの死を浄化するものとも考えたらしい。

「雪涅槃」とは雪降りしきる遠景に見た釈迦の、幻想の涅槃図である。

青時雨　あおしぐれ

樹林の中で枝葉の水がしたたり落ちること。夏の季語。

時雨《しぐれ》は冬の驟雨《しゅうう》だが、夏の青葉からこぼれる滴《しずく》がまるで時雨のように時折り降ってくる、そんな現象を時雨にたとえた。もちろん雨ではない。霧が濃く森林をおおうと枝や葉に水滴がたまって、それがばらばらと落ちてくるのだ。時ならぬ時雨を降らせる犯人は青葉だが、その色をいきなり時雨にかぶせた造語法が、すばらしい。

青時雨は別に樹雨《きさめ》ともいうらしいが、これは事柄そのまま、どこにもポエジーがない。時雨ということばも美しい。「しぐる」は固まることだから、時どき固まって降る雨をさすが、同じ雨を村雨というと情緒が重くなってしまう。また、冬の時雨を季節ちがいの夏に、しかも青葉の水滴を雨に結びつけた連想の豊かさが、人を大きな宇宙につれていってくれる。

わたしはこんな青時雨に、いつかどこかで逢ったように思うが、思い出せない。夏の高原、早朝に木立のあいだをぶらぶらと歩いた時のように思う。蓼科だったか、伊豆だったか、あるいは軽井沢であったか。

少年のころだ。父も母もまだ生きていた。いっしょにいたのは誰だったか。まわりの風景はどんなだったか。ほのかな恋を心に抱いていたのか。大人になった時の、とりとめもない未来を夢みていたのか。

　青時雨記憶の経《みち》の仄明かり

拙句。わたしの夢は、いつも山の麓に帰っていく。その時にはきまって青時雨が降る。

揚羽　あげは

大きな羽根をもつ蝶のこと。夏の季節に見られる。夏の季語。

蛾《が》をさすことばとして、古く「ひひる」という日本語があったらしいが、主として古代から日本人は蝶を中国音そのままにチョウ（テフ）とよんできた。沖縄では「はべる」、いずれもひらひらする様子をさし、英語ともフランス語とも語源がひとしい。

そして、後になってチョウの一部をよぶ「あげは」ということばが誕生した。辞書であげる文献は十七世紀のものだから、ずいぶん新しいことだ。

いわゆる揚羽蝶《あげはちょう》をみると、ひらひら飛ぶなどと、小者扱いはできない。大きい羽を揚げる蝶だと別扱いしたことは、めでたい。しかも「鳳蝶」という文字遣いもするところをみると、蝶の王者といったところだろう。

昆虫少年だったわたしはカラスアゲハに神秘を感じ、アオスジアゲハに魅了された。たしかこの蝶は黒玳瑁《くろたいまい》といわれていたと思うが、別の蝶だったかもしれない。こちらのことばも美しすぎるばかりだ。その上母方の家紋が揚羽蝶だったので、よけい思い入れがあったのだろうか。もっとも揚羽蝶が平家の落人ともふかくかかわり、蝶が亡霊のシンボルになることは、そのころ知らなかったから、無邪気に喜んでいたにすぎない。

いまや揚羽蝶は、少々重く、孤独で悲しい。光の陰翳がよく似合うと思う。

夕方の庭に揚羽を見かけた。その時の拙句。

晩夏光揚羽は黒き翅《はね》をもち

雲の峰　くものみね

積乱雲のこと。空中に山のように湧き立つ。夏の季語。

積乱雲といっても知らない人は多いが、入道雲といえば、たいていの人が知っている。そのもう一つの名が雲の峰である。

雲の峰は、ひっくり返して峰雲とよばれることもある。たしかに山のように空中にそびえるから、みんな納得してしまう。

おもしろいことに積乱雲は冬にも現れるらしいのに、雲の峰といえば夏の季語になるほど、夏の積乱雲は山のように見える。

強烈な太陽と真っ青な夏の空の中で、山のようにもりあがる現象が、強烈だからだろう。

この強烈さは、入道とよばれる人物の姿のようだから、入道雲という愛称までもらうことになった。姿ばかりではない。この雲は雷や夕立もつれてくるから、力にもみちている。

それでこの雲を、土地土地で太郎とよぶこともいっそうおもしろい。京・大阪では、「丹波太郎」、滋賀・福井では「信濃太郎」、島根・鳥取では「石見太郎」とよぶとか。

ふつう日本の大河についていては、利根川を坂東太郎などとランクづけするのとちがって、土地土地ですべて「太郎」とよぶのだから、入道雲のランクづけは、どこでも第一等なのである。

太郎は力も強いが姿も勇ましく、堂々としていて、悪びれない。積乱雲はそんな雲だ。

未来の雷や雨まで予告してくれるのだから尊い、神秘な雲でもある。雨占いはどの民族も昔は大切にした。やはり峰＝御嶺《みね》なのである。

黒はえ　くろはえ

梅雨のころ（太陽暦の五月下旬～六月上旬）吹く南風のこと。夏の季語。

「はえ」とは南風のことで、このことばがサンスクリット語（梵語《ぼんご》）だといったのは、江戸時代の儒学者・新井白石だったと記憶する。

サンスクリット語とおぼしき単語は日本列島の東西両海岸を包んで、北上する地名に見られる。東南アジアから海上を何千年かかけてやってきた、海の民が運んできた単語であろう。海の民は航海にしろ漁労にしろ、つねに天候をうかがいながら生活するから、日本語の中の風をこまかく指定する単語は本来彼らのものだったろう。わたしはこの考えを拡大して九州に住む隼人《はやと》も、南風《はえ》に乗ってやってきた人、ハエヒトがつまったものではないかと思う。

さてその南風の一つ、梅雨の黒ぐろとした空に吹く風を黒はえといった。だから梅雨も終わりのころ、多少空が明るくなったころの南風は白はえという。

もう一つ、全体のはえの荒あらしいものを荒ばえともいう。いったん梅雨空になってしまうと風の有無はいわなくなるから、梅雨にたっぷりと浸ってしまう以前の日本の、梅雨もよいの空を荒ばえが渡るのであろう。

南風《みなみかぜ》といえば身も蓋もない感じだのに、はえというと、とたんに抒情的に聞こえる。それを黒とか白とかと色によって区別するのも、雲行きに対するこまかい心遣いである。

はえも白くなって、いよいよ本格的な夏がやってくる。そんな期待も、はえの変化にこめられているのではないか。

木漏れ日　こもれび

木蔭などに、枝や葉の間から漏れて届く日光のこと。

林、といっても疎林《そりん》といわれるようにまばらに木が生えている林の方がよい。そして茅《ち》がやなどが、やわらかいしとねを敷いたように地上に広がっている林がいい。

よく晴れた日、だれもいない茅がやの上に、林の枝を漏れた太陽の光が落ち、ところどころに斑《まだら》模様ができていると、だれでもうれしくなるではないか。思わず梢を見上げたり、寝ころがってみたりしたくなる。ある時わたしは、思わず掌《てのひら》をさし出してみた。すると、まるで水の中から太陽を掬《すく》いとるように、たなごころに丸い太陽の輪ができた――と思った。

これが木漏れ日だ。「漏れる」などと、太陽が水球であるかのように、いつからだれが言い出したものか。たしかに、これは日の光の滴《したた》りといっていい。

ところで中学生のころ、理科の時間に「なぜ木漏れ日は丸いのか」という問題が出た。だれもわからない。先生が「太陽が丸いからだ」というと、いっせいに教室中がざわついた。あれは「うそ」という意味か、想像を絶する真理への感動だったのか。今はなつかしさだけが残っている。

やがて大学生。美しい年上の女性と短歌会で知り合いになった。理学部の助手であった。何のこともなく構内で出会い、立ち話をし、別れた。

木漏れ日の芝の日の斑《ふ》を静かに踏み　君去りゆけば立ちて見送る

その時こんな歌ができた。遠い昔のことだ。

五月雨　さみだれ

旧暦五月のころに降る長雨のこと。

五月のことを「さつき」というから「さつき雨」が語源だと思っている人も、意外に多い。が、「さつきあめ」が「さみだれ」に変化することは、ありえない。別のことばである。「さみだれ」は古今集から登場することばだが、それらを見るとはげしく音をたてて降る雨、物思いにさそう雨だ。五月は折しも長雨のころ、陰鬱にしかも多量に降りつづく雨で源氏物語の雨夜の恋愛談義も、そんな夜の出来事である。疫病も昔はおこりやすかっただろう。

つまりは何かと人の心を乱れさせる雨が「さみだれ」だったらしい。「さ」はこれを神の仕《し》業《わざ》と考えた証拠だろう。それが正しいとなると、雨まで人の心を基点として名づけた古代人のわざに、わたしは感心してしまう。松尾芭蕉が残した名句も、そんな心情の上で見る必要がある。

五月雨の降りのこしてや光堂

あの平泉の金色堂も、長い歳月の禍《まが》まがしい雨に破壊されることなく、輝きを保ちつづけた尊さを、芭蕉は賛美した。天災と美の戦いに心を馳《は》せたのだろう。

ところが後の与謝蕪村は五月雨を一味かえた。

五月雨や大河を前に家二軒

天災と戦っているのは民家群。光堂という優雅な建物を世俗の民家にかえて、芭蕉が和歌ふうな叙情を残す点を衝いた。蕪村のしたり顔も見えるが、ここで五月雨も陰鬱さから破壊力へと中心をかえることになった。

白夏　シィサ・ナチィ

沖縄、八重山地方のことば。夏と冬の間をいう。

本土ふうに発音すると「しらなつ」だが、沖縄の発音では「シィサ・ナチィ」という。沖縄の季節は大きくは夏と冬で、夏が活発な生活の季節である。そこで、夏をこまかく区切って、旧暦二、三月のころを「おれずむ」（発音はウリズンに近い）、四、五月のころを「わかなつ」（発音はワカ・ナチィに近い）、そして夏から冬へと変化していく六、七月のころを白夏という。

おもしろいことに沖縄には「夏秋」という古語もあるが、これは夏の収穫物をさす。アキは季節の秋というより、原義の「飽き」が生きているのであろう。

さて、沖縄は夏の終わりごろのさらさらとして白っぽい季節感を夏に組み入れて「白夏」ということばも作ってしまった。本土では秋の色を白とするが、やや衰えた夏のけはいにこの白を体感したのであろう。先日も沖縄の人からこのことばを告げられ、わたしは絶句するほど感銘をうけた。「白い夏」などといえば、小説の題名でしかないと思っていたのに。

夏の始めの「おれずむ」も雨が降って潤《うるお》い、それが染《し》むという意味らしい。もういまは「潤《うるほ》ふ」ということばの中心にしか存在しない「うる」が「おれ」と、こんなところに生きているのかと、これもわたしを驚かす。

いやいや古語の生き残りだけがよいのではない。万物が雨に潤い、水がすべてを染めるという季節感もすごい。草木が潤いにあふれて若わかしく誕生し、やがて色を白くかえていくという沖縄の夏。

虹　にじ

夏の季語。

突然、大空にくっきりと虹が立つと、思わず感嘆の声をあげ、大声で人にも告げたくなる。そんなに美しいから「にじ」ということば自体も美しくひびくのであろう。「にじ」という喫茶店は恋人のカップルで、いつもいっぱいにちがいない。

だから虹という漢字が蛇のことだと聞くと、びっくりする人もいるだろう。中国の古代人は、あれを天空に横たわる蛇だと、考えたのである。

いやいや日本人も同じ。にじということばは、沖縄などでナーガといわれるものと同じで、これは蛇のことだ。中国人も日本人も虹を、妖しく美しいものと見たらしい。

そもそも、現代人が美しいと思うものを遡って考えてみると、古代人がふしぎなものとして畏れたものが多い。美の根源は畏れだったことがわかる。だから現代人でも「恐ろしいほどの美しさだ」などと言うのである。

神秘的な虹は、それなりに長く姿を見せてくれない。輝いている時ですら頼りないし、そればかりか、すぐ消えてしまう。だからだろう、わたしは虹を見ると、唐突な郷愁にさそわれたり、そこはかとない寂しさに襲われたりする。もちろん、何も理由はないのである。若いころ、わたしは中村草田男の句、

片虹といふべき虹の久しくも　（『長子』）

が大好きで、この句をねだって、句集『長子』の見返しに書いてもらったこともある。

ねむの花　ねむのはな

夏、朱色の花を咲かせる。夜、葉を閉じる習性がある。

「ねぶの花」ともいう。夜は葉が閉じ、向かい合って眠るような姿となることから名づけられたのだろう。そのイメージが美しい。

一方、中国では抱き合って眠る男女の姿を明瞭にして「合歓」と書く。日本でも古く万葉集でセクシャルな花とされるのは、この中国流の教養によるのだろう。

しかし合歓のほかに合昏《ごうこん》、夜合樹《やごうじゅ》、花合歓《はなねむ》と書かれると、それぞれの美しい文字遣いに魅せられてしまう。

絨花樹と書かれるのは、平らに枝葉を繁らせ、まるで絨毯《じゅうたん》をひろげたように見えるところからきた名前だろう。あたり一面の空を独占してしまうのだから近所迷惑で、その葉蔭に入った植物にわたしも同情するが、しかしついつい旺盛なねむの生命力に称賛を送ってしまう。

とにかく幹が斜めに伸びるのも占有空間がより広くほしいのだし、葉を閉じるのも、水分が夜は乏しくなっているからだ。冬に裸木となるのも、生命を保つための自衛手段である。けなげなねむの木。じつは眠るどころではないのである。

それにしても、緑の絨毯の上に乗せられたように咲く朱色の花は美しい。細い獣毛《じゅうもう》のようなけば立ちは雄しべだとか。生き物めいていて、妙に忘れがたい花である。

この木は人間の怒りをとり除くともいわれる。夕方に花を咲かせることが、見る人をほっとさせるのだろうか。不愉快な時にねむの花を思い出すのも、一案ではないか。

はたた神

はたたがみ

雷のこと。夏の季語とされるが、初雷は春。

雷はたくさん別名をもつ。「いかづち」「鳴神《なるかみ》」など。「はたた神」もその一つである。「はたた」は「はたはた」が約《つま》ったもの。「はた」は昔「ぱた」に近い発音だったし、「ばた」とも仲間の発音だから、雷鳴や稲光の、素早さや激しさを、この音でとらえたのだろう。なにしろ雷はすざまじい勢いだから、「はたはた神」とは、現代ふうにいうと「ごろごろ神」とか「ぴかぴか神」のように、瞬間の姿を表現したのである。

しかし一方、雷は表情に富んでいて、「遠雷」などというと、情緒たっぷり、感傷的でさえある。暑い夏の日に急にくもった空からごろごろ音だけが聞こえてくる雷は、むしろ涼しさを運んできてくれて、快い。

その上、風神と並んで太鼓をたたく縞《しま》しまパンツの雷神は、ユーモラスで愛らしい。あのパンツは天上を吼《ほ》えながら走りまわる猛獣を想像した名残だろうか。

もう雷を「はたはた」といったことを忘れた現代人は、「はたはた」と聞くと魚を思い出すのではないか。雷が鳴るとこの魚がよく獲れるといわれるように、雷と関係するから鱩とも鰰とも書く。北海の魚だから寒雷の鳴る、日本海沿いの風土に根ざした命名《はたはた》である。

雷は大漁をよぶだけではない。放電によって大地の稲も、よく実らせる。雷光は稲という女を妊《みご》らせる夫《つま》だから、「いなず(づ)ま」といわれたのである。

わたしたちはこんな雷を、ひびきよく「はたた神」とよんで、敬愛してゆきたい。

風知草　ふうちそう

「うらはぐさ」ともいう、細長い葉を茂らせる草。夏の季語。

戦後すぐに宮本百合子の『風知草』という小説が発表された。その時わたしは美しい名にひかれはしたものの、実際にその草を見たことがなかった。しかし後に実際の姿を見るにおよんで、ますます美しさに感心した。別名の裏葉草は葉の表裏が転倒して、白い葉裏が上になっているかららしい。それが、まるで風の冗戯《いたずら》のように見える。それほどに風に身を委ねて、風に戯れて一生を過ごす草だと思わせる。

屋根の上に立てる風見鶏も姿や仕掛けにやさしいユーモアがあってよいが、さしずめ風知草もやさしい風見草である。もちろん本来の「風見草」はウメのことで、香りによって風向きがわかるからだが、こちらは姿が風を人間に知らせてくれる。風向きも教える。こうした風への敏感な反応が風知草の名の由来だろうから、こちらの名の方が風情に富んでいる。

いまわたしは一鉢を庭で愛しているが、なよやかな葉のわりには勁《つよ》い穂を出して、紫の色どりを添える。

宮本百合子はわが身の状況を風知草のようだと感じたにちがいない。小説『風知草』は戦中から戦後にかけての目まぐるしい風潮の変化に翻弄されながら、しかし、しなやかに生きる姿を感受性豊かに描き出している。

風にそよぐ葦《あし》のようだという言い方もある。しかし風知草のようだというと、姿も品格も、いちだんとすぐれているように見える。

禊　みそぎ

海や川などの水に体をひたして清浄にすること。

伊勢の二見が浦に夫婦岩のあることはよく知られているが、夏至の日、両岩をまるで出口の門のように、真ん中から太陽が昇ることは、それほど知られていないのではないか。しかも太陽は、遠く山頂を見せる富士山から昇るのである。

先年の夏至の日、わたしはこの日の出を拝もうと早朝三時に現地へ行ってみた。残念ながら水平線上の富士の背から昇る太陽は、厚い雲におおわれて見られなかったが、両岩の間の上空に雲間から光芒を放つ一瞬を目にすることはできた。

いやしかし、この時刻に行われる夏至祭の、人びとの海中の禊に出会ったことは、貴重な体験だった。こちらまで心身が清々《すがすが》しくなったからだ。

古来日本人が穢《けが》れを祓《はら》うために行ってきた禊。このことばを学問的に考えると「水で削《そ》ぐ」ことになる。日本人は、体にこびり付いた穢れを、ほんとうに削りとってくれる力を、水に託したのである。穢れを垢《あか》か何かのように考え、まるで垢すりよろしく水を具体的に想像した、激しく一途《いちず》な信念。祝詞によると、海原の果てには、それを呑みこんでくれる神まで信じたことがわかる。

この信念は贖罪《しょくざい》の誠意から生まれたものにちがいない。それでいて、科学的な水の浄化力を言い当てているのだから、迷信ではない。日本人が「みそぎ」にこめた心情と、そのことばの美しいひびきを大切にしたい。

麦の秋《むぎのあき》

夏、麦が十分にみのり、刈り入れを待つころ。

多くの植物は秋にみのりを迎えるが、麦は逆で、初夏のころに成熟する。竹も夏に葉を落とすし、常緑樹とよばれるものも、葉の交代は春から夏である。

しかし秋という季節やことばが成熟のイメージをもつので、麦の秋とか竹の秋とかいうことばができた。

だれが言い出したか、「麦秋」として中国の礼記の「月令」に早ばやと見えるが、その言い出しっぺは、夏だのに秋だという季節の、ことば上の逆転がおかしかったにちがいない。それをよろこんで輸入し、長く伝えてきた日本人も同じである。

おそらくそれは、二つの立場の気持ちを表しているだろう。一つは農民の気持ち。さあ収穫の時になったというよろこびである。

万葉集には八世紀のころの東国農民の歌として、柵《さく》ごしに首をのばして馬が麦を食べてしまうという一首がある。人間だってろくに食べられない麦を馬に食べられてはたいへんだが、作者は「小馬」だと言い、愛情を体いっぱいにあふれさせている。

ライ麦畑の逢い引きだって、麦の秋を迎えないとできない。

もう一つは美しい風景としての麦秋。新緑にもえる周囲の中で、ひとり黄金色に色づいている麦。ゴッホだって、このコントラストがおもしろかったのだろう。夏だのに秋だと感じさせることが、絵にしてもことばにしても楽しく、心をくすぐるのである。

浴衣　ゆかた

夏に着る薄い単衣《ひとえ》の着物。夏の季語。

いうまでもない、あのゆかたである。ごくごくふつうの夏着物だが、あの着物は季節感といい、風情といい申し分ない。ゆかたということばのひびきもいい。日本の夏には、なくてはならない風物だろう。ただこれが、もともと蒸《む》し風呂に入る時の着物だったことを思い出せば、日本人のみごとな開放感に、だれもが驚くのではないか。

ことば自体が、「湯帷子《ゆかたびら》」の短くなったもの、かたびらとは単衣のことだ。風呂とは蒸気の風が出る炉《ろ》のこと、むかし風呂はサウナだった。その時身にまとった物が今は堂々と町着になり、日本中に「ゆかた祭り」がはやり、外国人がみんな着たがる。世界中の人がこんな開放着を歓迎し、心も開きたがっているのである。

とくに日本人は夏の衣類として麻を愛用してきた。麻の織り目の粗さが、また夏の風物詩となる。昔から日本人は羅《うすもの》ということばも持っていて、麻や細い絹糸で織った、透明感のある衣類を愛用してきた。今ふつうの、木綿のゆかたは、その庶民版といっていい。

最近は男性の開襟が少しずつ増えている。風土に適した服装がいいに決まっているから、さらに一歩を進めて、絽《ろ》のシャツももっとふえてほしい。男性のゆかた版だ。

ゆかた姿で出勤はできないが、ゆかた感覚は大いにいいではないか。平安時代の天子は「天の羽衣」と称する湯帷子を召したという。日本人みんなの愛したゆかたは姿もことばも、涼しそうで詩《ポエジー》がある。

忘れ草　わすれぐさ

ヤブカンゾウのこと。夏、野辺に黄がかった赤い花を咲かせる。

ユリ科の植物で、仲間のノカンゾウは茎を伸ばし単弁の花を咲かせるからユリに似ているが、ヤブカンゾウは重弁でずんぐり型、どうもユリの姿からは遠い。藪萱草といい、別名の鬼カンゾウといい、なにか騒々しい。

さてこのヤブカンゾウを別に忘れ草とよぶ。その由来は中国の文献にある。詩経という中国最古の書物に、諼草《かんぞう》という草は「人をして憂えを忘れさせる」という注が見える。諼草は萱草と同じで、文選という書物にも、萱草が憂えを忘れさせる草だとある。

人間、心配事が忘れられるとなると大人気で、万葉集でも大伴旅人《おおとものたびと》という中国通は、望郷のつらさを逃れたいからといってすぐこの草を帯につけた。

そういう歴史まで知ってしまうと、わたしまでこの草が忘れがたくなってきて、道ばたなどに咲いているとすぐ目をつけ、近寄っていったりする。花も草の風情もむしろ素朴で、目立つ草とはいいがたいのに、長い間の言い伝えをもって、存在を訴えかけてくるのである。

その上「忘れ草」ということばのひびきもついつい味わってしまって、人の世のしがらみ、わが身のいとしさ、結局は万事、放下《ほうか》が肝要と心得た時の晴々とした納得などを、くり返すはめとなる。

そうだ、忘れるという知恵があったと、人間はこの花に慰められる。どうもこの花は忘れ草と自称することで、自分を忘れがたくさせる、なかなかの巧者であるらしい。

色なき風　いろなきかぜ

「素風《そふう》」ともいう。秋の季語。

中国に五行思想とよばれるものがあって、四季にもそれぞれに色が分配されている。春は青、夏は赤（朱）、秋は白、そして冬は黒（玄）である。

するとと秋は白だから、白秋ということばもでき、これをペンネームとして北原白秋という大詩人が誕生した。松尾芭蕉にも有名な句がある。

石山の石より白し秋の風　（『奥の細道』）

秋の風だから白い。ところがこの白さは石山の石よりももっと白い、という趣旨である。

さてその上で、秋の風は白という色さえないと主張するのが「色なき風」だ。素風の素も、何もないという意味だから内容はひとしい。

五行説の白い風という考えもなかなか味があるが、それをさらに徹底して、無色だと断定したことばは、大胆に季節感をいい表したものとして、おそろしいほどに新鮮ではないか。

吊橋を渡る色なき風のなか　福田孝雄（『続氷室歳時記』）

という句もある。無色透明な風の中にいると、宇宙のただ中へ身をさらしているような気がする。

そのすがすがしさと、反面の一抹の哀切さ。これも季節が人間を瞑想の秋へとさそっていく現れの一つなのだろう。無色の風の透明感は、秋をおいて他の季節にはありえない。

鰯雲　いわしぐも

秋、いわしの群れのように空に広がる白雲。秋の季語。

学問的には巻積雲という。だが、そういわれてもまるで実感がないのに、「鰯雲」といえば、すぐにわかる。ああ、あの雲だ、と。

いやそれどころか、すべての人が思い出の中にもっている雲にちがいない。生涯のいくつかの思い出にかけて、ノスタルジーをよぶ雲だろう。

鰯雲は鯖雲《さばぐも》ともよばれる。たしかにうろこのように広がる雲の斑《まだら》模様が、さばの腹の模様と似ているが、鯖雲ではノスタルジーと共存しにくい。

やはり大空を見上げて鰯雲だと思い、虚空に回遊するいわしの魚群を空想したときの記憶が、長く人びとの心から離れないのである。

日本人がいちばん身近にしてきたいわし。体力も弱い小魚。そんな親しみをもって空に広がる雲が愛されつづけてきた。やさしい語感もある。

しかもこの雲は雨の前兆でもあるらしい。雷が鳴ると海岸に押し寄せる鰰《はたはた》のように、この雲は鰯漁と、密接に結びついているのではないか。

捕られてしまうと思うと残酷だが、空と海とで雲と魚が生態を同じにするという神秘とロマン。同じように青く果て知らぬ二つの世界に、生きて動くものを見定めたくなる。それが鰯雲なのだろう。

その時、空は秋空がふさわしい。

弟草《おととぐさ》

菊のこと。四季の花の最後に咲くことによる名。秋の季語。

菊ほど異名が多い花もめずらしい。少女草《おとめぐさ》、契草《ちぎりぐさ》、翁草《おきなぐさ》、よわい草などなど。「風見草」でも言ったが、これもクイズなみに楽しむことができる。

「弟草」は江戸時代の俳諧書に、一年の最後の花だから弟だとある。「花の弟《お》」ともいう。それでは「花の兄《え》」は何の花か。気になるが、こちらは一年の最初に咲くので梅のことだ。

少女草は菊でも可憐な小菊からきた名だろうが、反対に翁草、よわい（年齢のこと）草は花期が長いことにもとづく名前であろう。江戸時代に『翁草』と題した随筆がある。

契草は長く色が変わらないことから貞節な契りの象徴と考えられたからだ。雨月物語の中にも「菊花の契」という話がある。

これらの中で弟草は上述のとおりの理由によるが、ただ順序が最後とのみ心得るのは現代的すぎる。昔の人が花ばなの開花時にも、守られる秩序があって、菊は花の末席を守って咲くと考えた命名である。禅僧の道元は反対に、梅がまず咲き、その梅花力によって一年の花ばなの秩序が行われるとさえいう。圧倒されそうな自然への深い洞察眼である。

そういえば菊の花は端正で、いずまいが心地よい。とくにわたしは菊に似たキンポウゲ科の秋明菊が好きだ。すっと伸ばした背筋が気品にみちている。これらは弟として秩序を守る信念の美しさだろう。

菊は散らないという。玩味すべきことばである。

からすうり

秋おそくまで、藪などに蔓《つる》をからませて赤い実を見せる。秋の季語。

つやつやとした真っ赤な実が、道ばたの藪に蔓をからませたまま、いつまでも見えがくれする風景は、だれの幼年時代の記憶にもあるのではないか。

いつまでも、だれも見むきもしない。だのに雑然とした藪の中に、何の気取りもなく、やや投げやりな姿でぶらさがりつづける姿は、どうもやけをおこしているふうにさえ思った。

そんな姿を、わたしもひどく気にしながら、幼いころをすごした記憶がある。

瓜といえば食用でもっと大切にされるはずだのに、カラスとついてしまったのがいけなかったのだと納得していた。そして「カラス＋ウリ」の運命を考えたものだ。その結果、わが分を心得て生きている、その姿と名前が好ましく映った。

ところが少し成長してから、この植物を「きつねのまくら」とよぶことを知った。だれかが、キツネがこれを枕とするだろうと見立てたのである。

捨ておかれるしかなかったカラスウリが一挙に詩的になった。

枕が替わると寝られないという説もあるから、キツネは嫁入りに、この実をちぎって持っていくかもしれない。とかく狐の嫁入りは、日照り雨が必要だったり、カラスウリの枕を嫁入り道具に入れたりと、人騒がせなことだ。

それにしてもわたしは、これで少しはカラスウリも相手にしてもらえるのだと思って、多少安心した次第である。

錆鮎　さびあゆ

別に寂鮎《さびあゆ》と書くこともある。秋の季語。

アユは春の稚鮎《ちあゆ》から次第に大きくなり、夏、太陽のまぶしい川瀬に銀鱗を輝かせながら、川をのぼっていく。

そして上流に夏をすごした後、秋冷の気が山間にただよいはじめると子持ち鮎となって川をくだり産卵する。これを落鮎というが、別に錆鮎ともいう。体が錆色をおびるからだ。「さび」は寂しいとも書くから「寂鮎」と表記されることもある。秋の川を落ちるアユが寂鮎だなどというと、もうその風姿に胸がつまってしまう。

魚には産卵期にしめす婚姻色がある。まさに赤らいだ婚姻色は、恋に頬を赤らめる少女のように、初々しい愛《かな》しさにみちみちているが、一方それを錆色というと、すでに生涯の哀歓をじゅうぶん身につけた、成熟の風格も備わっているように思う。

そこで「さぶ」ということばを考えてみると、何事にもそれらしくなることを「さぶ」という。鉄だって人を切るほどに鋭く研《と》がれている太刀は不自然、酸化に弱い鉄は錆びるのが自然なのだ。

いまアユは生涯を完了しようとして、自然な姿に戻った。風格十分なありのままの姿として、川での生涯をまっとうして川下りを始めたことになる。

落鮎のこの自然な姿が美しい。周辺の水流も春の水の若々しさや夏の流れの輝きをおえて、天然の推移の中で、静寂な秋の流れへと居ずまいを正そうとしているのである。

月白　つきしろ

月の出に先立って、夜空が白くなること。秋の季語。


「つきしろ」ということばは、少しややこしい。月代とも書き、月そのものをさすことがあるからだ。さらに、いま話題にしようとしている、ほの白い夜空をさす「つきしろ」まで、月代と書いてしまう古典もある。いくら漢字は借り物といっても、やはりこちらは月白と書きたい。

さて、この月白とはむしろ夜空のことだ。このことばを知って以来、月が出そうな東の空をしばらく眺めていると、本当に夕闇の空がほんのりと白んでくる。

もちろん大きな月でないと、そんな前ぶれも乏しいはずで、満月の露払いは、みごとな月白となる。三日月など月白も大したことあるまいと思えるだろう。そのとおり三日月が出る時とは、すでに西空に落ちかかっているのだから、月白があろうはずがない。

となると、たっぷりと量感のある月こそが月白をともなうこととなり、なるほど貫禄のある月の豊かな情感を示すのだと、納得できる。

月は季節をたがえず毎夜出るのだが、月白を俳句で秋の季語とするのは、秋の月をとくに愛《め》でた日本人が、月白まで秋が最高ときめてしまった結果である。だから中秋の名月を待ちのぞむ人は、いやでも月白から期待を寄せはじめ、月白から早くも話題にしはじめ、月の出の過程をいろいろと賞美することになる。

一句、芭蕉の何か艶っぽい句を添えておこう。

月代や膝に手を置く宵の宿

萩の遊び　はぎのあそび

秋、花が咲いたハギの枝を手折っては美しさをめでること。

とにかく日本人はハギを秋の代表的な花と考えて、萩という中国の漢字をこの植物に宛ててしまった。しかもハギは木だのに草冠をつけて、草の仲間に引き込んで。

あの枝のしだれ具合から草叢《くさむら》と見るのが自然だったのだろう。

さて、ハギの愛好は万葉集にいちじるしい。そこで万葉びとは、こんな歌まで作った。

白露を取らば消《け》ぬべしいざ子ども　露に競《きほ》ひて萩の遊びせむ

「露と競争して」というのは、こぼれがちな枝の露をこぼさずに、という意味だ。枝ごとでなければ露を取ることはできない。手にとれば必ず露は消えてしまうのだから。

万葉びとは、こんな曲芸まがいの要求までして、白露の置いた萩の美しさを賞美しようとした。月光の中なら申し分ない。

植物をめでる行為は、古来花見と紅葉狩りが代表で、お月見を加えればもう現代人の自然の賞美はすべてとなろうか。

しかしもう一つ、「萩の遊び」を加えたい。東京の六義園で中秋の名月の夜、萩のトンネルくぐりに参加したことがあったが、そのようなものでもよい。

万葉以降の文献には「萩の遊び」は登場しない。現代俳句でも寡聞にして知らないが、月明の夜を白露とともに眠り続ける萩を、起こしてやろうではないか。

「萩の遊び」とはことばもすばらしいから、萩見だの萩狩りなどといってはいけない。

花かつみ　はなかつみ

マコモの花のこと。秋の季語。

植物のマコモは古くカツミといった。万葉集の歌でもカツミとよばれている。

コモといえば、雨風を防いだり、寝床がわりにするムシロだから、聞こえがわるい。

実用品に使われたばかりに植物の印象がわるくなってしまったから、現代人にとっては、カツミの方がはるかに美しくひびく。

のみならずカツミはありがたい植物でムシロにするのは葉。種子も若芽も食料になるという。しかしそうなると、とかく実用にならない花が忘れられがちになる。

ところが花のつき方がおもしろい。華やかな雌花が開く下の方に、やや離れて地味な雄花が姿を見せる。しかも大きく揺れる穂先で雌花は人目をひき、間をおいた雄花が控え目である。

じつは万葉集に見えるといった歌は、女性が自分をオミナエシやカツミの花にたとえて、男に会えない辛さを訴えたものだ（巻四、六七五）。

をみなえし佐紀沢に生ふる花かつみ　かつても知らぬ恋もするかも

とうぜん自分は美しく華やかで、自分に寄りつかない相手はみすぼらしいことになるだろう。恋歌として絶妙な自然の利用といえる。ちなみに可哀そうな男の名は大伴家持。

こうなると、「花カツミ」といって、花を全面におし出さないといけない。「カツミの花」といえば植物としてのカツミの一部だが、「花カツミ」といえばカツミ全体を花としてとらえていることになる。カツミの花という表現とは別の美しさがあふれる。

ほおずき

赤い袋につつまれて、赤い実が顔を出す植物。秋の季語。

ホオズキには浴衣が似合う。そう思うほどわたしなどにはホオズキが江戸下町の風物詩になっている。夏、浅草寺にほおずき市が立ち、赤いつぶらな実が町中のあちこちで目につくようになる。秋の日に火照《ほて》るように熟して実が真っ赤になるころは、もう空もよほど秋の空だ。

この植物をホホヅキとよぶのは、種子をとった実を口にふくんで鳴らすからだという説がある。また、実が頬つきに似ているからだともいう。いずれにしろ、少女が連想されて、ことばのひびきも、実のイメージも美しい。げんに古典では女性の顔の形容に使われている。

漢字で鬼灯と書くと、さらに神秘的で「鬼が野原に、点《とも》し忘れた灯《あかり》だったのか」と考え、うれしくなってしまう。

たしかに、この植物は昔カガチとよばれた。そしてカガチは大蛇の目のたとえに出てくる。またヤマカガチとは最大の蛇のことだから、真っ赤な実が、大蛇の目だと思われていたのかもしれない。一方で日本人は植物のカラスオウギをウバタマ（真っ黒な玉）とよんだから、対応してカガチが真っ赤な魂とよばれた可能性がある。

むかし洛神珠とも書いたというから、有名な中国の洛水の神女がもっていた玉だとも考えられていたことがわかる。鬼の灯も、こんな幻想の一つだろう。

神女の玉や大蛇の目、また鬼がともす灯と思われていたものが、やがて少女の遊び物になる——そんな長い幻想の歴史を赤い実のまわりに空想してみるのも楽しい。

無月　むげつ

旧暦八月十五夜に月が見えないこと。秋の季語。

旧暦の八月十五夜（新暦では平成二十八年は九月十五日）の月が、いわゆる中秋の名月であることは、みんな知っている。ところが夜空の雲があつくて、月の見られないことがある。こうした夜空に存在しない月を、古人は名づけて「無月」とよんだ。要するに無月という中秋の名月を、存在させてしまったのである。

わたしにとって、無月という月の存在は、衝撃的であった。なるほど英語ではだれもいないことを「ノーボディがいる」という。それとひとしい、日本語離れした表現なのである。

しかし名月の夜は、みんな眸《ひとみ》をこらして、見えないか見えないかと探すだろう。心にはちゃんと名月を持っているではないか。そして少しでも月影らしいものを見つけると、何となくそこに名月を感じてしまうではないか。

ないのにある月。無月とはそんな幻想的な月なのである。

だから雨月《うげつ》もそれに近い。これまた、中秋の夜が生憎《あいにく》の雨となって、雨に隠れてしまった月のことだ。同じように雨のむこうに幻想した月、心の中にしか照っていない月である。

俳諧は、無いと言うことで物を存在させる妙技を得意とする。

雨の月どこともなしの薄あかり　　越智越人（『曠野』）

山濤《とう》や無月の空の底明り　　志田素琴（『山萩』）

薄あかりも底明りも、じつは心の中にほんのりと浮かび上がってくる月明かりに相違ない。

湯たんぽ　ゆたんぽ

蒲団の中で暖をとる道具。ブリキの容器などに湯を入れた。

漢字で書くと湯湯婆となるが、物そのものも見なくなった若い世代には、もう字も読めないだろう。

しかし、漢字よみの中に「タンポ」などという弾《はず》んだひびきがあることがおもしろいし、愛らしい。中国でお坊さんの使う物に、この種類の発音（宋音とも唐音ともいう）でよばれる物が多い。だから、湯湯婆もお坊さんの愛用品が日本に入ってきたのだろう。

「湯《たん》」も中国の湯麺《タンメン》を思い出せば、ナットクだろう。だからもう一つ、「婆《ば》」という字もマーボウドウフ（麻婆豆腐）を思い出せばいい。発音もポとボだから仲間。婆という字は尊敬にも使うから、ありがたいお婆ちゃんに、この道具を見立てたことになる。ただ当の中国では湯婆《タンボウ》子《ズ》という。子をつけるのは愛称だから「湯たんぽちゃん」という具合だ。

さて、「タンポ」は日本に入ってくると、意味不明だから、わかりやすく湯をもう一つ、上につける結果になった。同じことばが重なるのも、外国から来たことばの愛嬌《あいきょう》である。

子どものころ、みなが一つずつ綿入れの布袋につつんだ湯たんぽを持っていた。別々に作ってくれた柄は子どもがそれぞれ気に入っている。それに母親からお湯を入れてもらって、蒲団に入れて寝た。湯たんぽは朝まで暖かい。というか途中からは蒲団や体が暖めているのかもしれないが、いつまでも大事に抱えて寝ていた。

母と蒲団と湯たんぽの一かたまりが遠い風景の中の雪明かりのようになつかしい。

埋火　うずみび

炭などの燃え残りを灰の中に埋めたもの。

昔は火鉢に炭をおいて暖をとった。大火鉢をたくさんの人が囲むこともあったし、手あぶりといった小さな個人用の火鉢もあった。ただ、今では炭はお茶の風炉《ふろ》に見られるだけだろうか。炭は残片をとっておいて、つぎの火種とした。そのために燃え残りを灰の中に埋めておく。灰の中だと炭はふしぎにいのちを保っていて、灰をかき分けてみると、中から真っ赤なルビー玉のような輝きが顔を出す。

これを埋火といった。うずまっている火とは、何とゆかしい表現だろう。人目にたたずに、美しく燃えつづけているのである。埋没してしまった情けない存在ではない。

だからわたしたちが子どものころは、灰を炭にかけることを「いける」といった。母親から「灰をいけて寝るのよ」などと言われたものだ。

この「いける」とは何か。「生ける」という動詞は、ほとんど死語となったが、それでも「生垣《いけがき》」（木を植えて垣としたもの）、「活簀《いけす》」（魚を生かしておく水槽）に残っている。それぞれ、木や魚を生かしておくことである。

つまり灰をかけることで炭のいのちを生かすことが「灰をいける」だった。灰をかけないと、すぐ燃えつきてしまう。しかし灰をかけて埋火とすることで、いのちは長く保たれつづける。

埋火とは、こうしていのち生かされた火のことだったのである。

人生にとっても、味わい深い。

そばえ

日が照っているのに降る雨。

「そばえ」ということばは古く枕草子にも見えるから、長く日本人が親しんできたものだが、わたしなどは、雨の一種として教えられ、大人になってから古典語だと知った。

日が照っているのに雨がぱらついたりすると「あ、そばえだ」などと親が言った。だから「狐の嫁入り」というのと、同じだと理解した。

「そばえる」（古くは「そばふ」といった）とはふざけることだから、日が照っているのに雨が降るとは、神さまかだれかが、ふざけているにちがいないと昔の人は思ったのだろう。さては狐がふざけて人間をだましているのだとは、思いつきやすい。

しかも「嫁入り」というのもよい。嫁入り行列にとっては晴天にこしたことはないが、そこが狐、逆手にとって雨がよい、ということだろう。妙に稚気があって、憎めない。

この稚気は「そばえ」ということば自体にもあるらしい。いまでも、ちょっとくすぐられると「こそば(ゆ)い」と言うのは、少しふざけられたときの感触で、おそらく「そばえ」と仲間のことばだろう。憎めないどころか、甘い情念まである。

そばえ雨もそのとおりで、理屈に合わないなどと、怒り出す人はよほどの変人だろう。

じつはわたしの住まいの辺りでは日が照っているのに小雪の舞う時がある。そうなるともうわたしは大よろこびで、「こりゃ狸の嫁入りだ」などと言ってはしゃぐ。

子ども心に帰るのも、そうした時だ。

つらら

軒端などから垂れる水が棒のように凍ったもの。

近ごろ都会ではあまり見かけなくなったが、それでも雪国へ行くと、まだつららを見ることがある。先年も冬の飛驒高山で、窓先につららが垂れているのを見た。

これを日本人は古く「たるひ」（垂氷）といった。この方が命名としてはりっぱだし、正確だろう。一方のつららは「つらつら」が縮まったものだから子どもことばのように愛敬がある。おそらく生活の中から芽生え、親しみをこめて使われたものなのだろう。

漢字で書くと「氷柱」となる。柱は下から立っているはずだと思うと、この文字ではピンとこない。しゃれて銀竹《ぎんちく》ともいうらしいが、これも感じがまるでちがう。さらに中国の李白の詩では雨を銀竹と歌っているから、つららとは関係ない。

どうもつらら以外にいいよび名はない。すると、この現象は、いろんな「つら」をもっていることに気づく。

まずはさわってみると滑《つ》るつるしている。折って遊んだ人も多いだろう。滑るつる氷である。そしてまた軒先に一本一本吊り下げられていて、魔女の仕業のようにも見える。これは吊り氷だ。吊り氷は軒先にずらりと整列している。つらら坊主はみんな連れになって並ぶ。連れ仲間の連れ連れ氷でもある。

滑るつるで吊りつりで連れつれのつらら。そして彼らにはお日さまが当たると、さっと姿を隠してしまう早業もある。

虎落笛　もがりぶえ

冬の風が竹垣などに当たって立てる音のこと。冬の季語。

虎落《こらく》とは、中国で虎を防ぐ垣のこと。落は竹を組み込んだ垣を意味する。このような竹垣は日本でも造られ、「もがり」とよばれた。

日本語の「もがり」は強く抵抗する意味。なにしろ虎を防ぐのだから頑丈《がんじょう》でなくてはいけない。そこでこれほど強い竹垣だから、それに激しい風でも吹きつけようものなら、すごい音を出すだろう。その音を笛の音と見立てたことばが「もがり笛」である。

そうなると、日本にいない虎、だから当然見たこともない防壁。もう使われなくなった「もがり」ということば、そして笛といいながらじつは風の音と、このことばは、たった五音の単語の中にあらゆるイメージをつめこむことになる。

その上に組み立てられた、風音の存分な空想世界は、並ではない。さらに笛の音という絹を裂くような音まで加わると、乾いた冬の、身もだえするような風は遺憾なく言い当てられていると思われる。

虎落という文字面もものものしいから、俳諧師の格好の技くらべにもなってきた。その中では、さすがに川端茅舎《かわばたぼうしゃ》の句が光る。

日輪の月より白し虎落笛　（『川端茅舎句集』）

まるで、漢詩の一句のように見えるのは、わたしだけだろうか。白い太陽に向かって虎が吼えているような風情まで、風音とともに浮かんでくる。

雪女　ゆきおんな

雪の夜に出る女のこと。雪女郎《じょろう》ともいう。

俳諧の世界は幻想的である。「亀が鳴く」といったり、かまいたちという動物がいたりする。おそらく亀の鳴き声をきいた人はいないだろう。かまいたちとは風のこと。通りすぎ際にさっと人を切りつけていく。そんな鎌をもったイタチがいるという幻想である。

わたしは、これも俳諧という新しい文芸様式が伝統的な和歌の優雅さに対してかまえた、ユーモアの精神だと思う。和歌は遠い時間や恋人に対して心からの空想をはせるが、鳴きもしない亀を鳴かせたりはしない。そのこと自体が上品ではないのだ。

だから反対の俳諧は楽しい。雪の夜に女のお化けが出るというたくましい虚構が、大いに心の翼をひろげてくれるのである。

雪女はさらになまめかしく雪女郎といったり、一方ではおどろおどろしく雪鬼、また可愛らしく雪坊主といったりする。伝説も日本各地に多いが、柳田國男は『遠野物語』で遠野地方のそれを紹介している。それによると小正月（一月十五日）や冬の満月の夜、雪女がたくさんの子どもを連れてやってきては遊ぶという。

幼な子を死なせた母親たちがいつしか描き出した、哀しい幻想だろうか。お大師さまが子どもを連れてやってくるという信仰もあるから、それとの習合かもしれない。

子ども一人ひとりは雪坊主なのだろう。

近ごろ雪はめっきり減った。それなりに日本人の心の豊かさも乏しくなった。

安坐　あんざ

心を落ちつけて、ゆっくりと坐ること。

わたしたちは正坐という坐り方を知っているが、あれはむかし刑罰だったという話を聞いたことがある。大いに賛成したほど、あの坐り方は不自然で苦しい。たぶん武家時代からはやりだしたのだろう。絵を見ると、それ以前は天皇も大臣も、みんな足を組んでいる。ところがこれを「あぐら」といい、胡坐などと書くと、格調高い坐り方がほしくなる。これが正坐だ。

そしてまた、これを崩した元の坐り方が安坐とよばれるのだろう。ふつうに走っていた電車が、急行ができたばかりに鈍行とよばれるようなものだ。

そして安坐の、なんと楽なことか。やっと人間性がとり戻せたように思う。

正坐以前からやっていた坐り方だのに、「さあさ、足を崩して」などと言われて安坐すると、身も心も固いものがみんな崩れて、ぐんと自由になる。

安坐ということばまで解放感があって、気持ちがいい。これからは「胡坐《あぐら》をかく」と言わずに「安坐にいたします」と言おう。

事実、仏さまたちはみんな安坐していらっしゃる。座禅を組むのも安坐だ。この方が足の痛さも気にせずにすむし、精神も統一されて心も澄むだろう。

お酒を飲むに至っては安坐しか考えられない。正坐で飲むのは三々九度かお屠蘇か。

アンザというと一瞬外国語かと思われるのは、困るのだろうか、楽しいのだろうか。

お日柄　おひがら

暦の決まりから考えた、日々本来のよしあし。

「今日はお日柄もいい」などとよく口にするが、さて、「お日柄」とは何か。天気が晴だ曇りだといった単純なものではない。

「がら」とは体、幹《から》と同じで随神《かむながら》といえば神そのもの。つまり毎日の体のようなものが「お日柄」なのだ。暦には六曜（先勝、友引など）、二十八宿（角《かく》、亢《こう》など）、十二直（建《たつ》、除《のぞく》など）ほかのルールがある。昔の人はそれらを総合して、日々の体と考えた。だから日の体には毎日の健康状態、機嫌のよしあしがある。

日本人は日々にまで体を考えていたとは。いや柄はもっとある、人柄、土地柄、お国柄、手柄。人柄とはその場かぎりのものや付け刃ではない、人間に備わった本質である。土地柄もお国柄も大地が個別に作ってきた骨格だから、ずしりと重い。さらに手柄を立てるといえば、本来もっていた手の本領が発揮されたことになる。たまたまの功名は底の浅いもので、手柄とはいえない。もっとびっくりするのは柄物《がらもの》ということば。花柄や鳥柄は花や鳥模様の着物と思いがちだが、花なり鳥なりそれぞれの個性を描き出した着物なので、着る場も季節も選ぶ。だからこそ無難な着物が無地である。

これほど日本人は「柄」を大切にしてきたのだから、家柄、国柄も大事、美しい「お日柄」ということばのひびきにも耳を傾け、手柄を立てよう。

なかでも「人柄がいい」と言われるのが最高。ちなみに最低は「お人よし」である。

男時・女時

おどき・めどき

人間には、力が盛んな時とそうでない時とがある。いつも一定ではない。

こんにち、お能とよばれる伝統芸能の中で、第一等の位置を占める作者が世阿弥元清《ぜあみもときよ》である。世阿弥は能の演じ方について、名著『風姿花伝』を書き残した。

この中で世阿弥は言う。長年能を演じつづける間には、時分《じぶん》というものがあって、演技に花の咲く時もあれば、なかなか花が咲かない時もある、と。

人間、いつも上出来でありたいのが人情だが、そう考えるととかく無理をしがちになる。無理を世阿弥は排除する。かりに見た目に上出来でも、空しいものにちがいないからだ。

さてこのふたつの時、自然に出来栄えがよくなる時とは、力のこもった時であり、反対の時とは、むしろ力が沈潜した、ひそかに体力を養う時であろう。これを世阿弥は男時と女時ということばでよんだ。

そしてそれぞれを見極めた上で演技すべきだというのである。だから男女の優劣をいうのではない、本来の男女の差を心得て区別したもので、ともどもに違った花がある。

これを「時分の花」ともいった。

この、時の勢いを心得た生き方は、すばらしいではないか。たくましい力を発揮する時と、しなやかな力を発揮する時。動の時と静の時。二つは紛れようもなく、それぞれに美しい。

しかも、こうした人生の要諦《ようてい》ともいえる時分時分の按配と、その時を男や女として名づける場合の、この男、女ということば自体も、美しいひびきにみちているではないか。

きぬぎぬ

男女の別れのこと。後朝と書くこともある。

「きぬぎぬ」とは衣々《きぬぎぬ》。千年の昔、愛し合う男女がおたがいの衣を重ねて一夜をすごした後、また別々の衣をまとって別れるところから、このことばが生まれた。逢う前も衣は別々だったにもかかわらず、別れる時に、別々の衣となったと実感することを思いやると、愛は哀切をきわめる。

だから漢字でも「後朝《きぬぎぬ》」と書くことになった。ことば遣いとしても「後朝の別れ」というのが本来だが、「きぬぎぬ」というだけでも離ればなれの意味になった。逆にいえば離別の悲しみとは別々の衣につつまれていることだということになる。

もちろん当時、衣には持ち主の魂が憑《つ》いていると思われていたことも、大きな理由だろう。夜、衣を重ねて一つになった魂は、朝、衣を分かつことで離ればなれになるのである。

ちなみにこの離別の悲しみを少しでもやわらげるものとして男女は必ず「後朝の文《ふみ》」を交わした。まず、男が和歌を「後朝の使《つかい》」にもたせて遣る。女もその返歌を贈る。衣を分かつ悲しみをやわらげるものが、ことばだった。

男女はともどもに、後朝の歌に昨夜の余韻をかいだのであろう。

こんなに大切な後朝の歌は、近代の短歌にも尾をひいている。つぎは女の立場の歌である。

君かへす朝の舗石《しきいし》さくさくと雪よ林檎の香のごとくふれ　　北原白秋（『桐の花』）

「君」の残り香は、雪が持つにちがいない、りんごの匂いだったのである。

雫　しずく

粒となって滴《したた》りおちる水のこと。

「しづ(ず)」ということばは、なぜか詩的な気がする。倭文織《しずお》り、賤女《しずめ》、垂《しず》れ(積雪の落下)、沈む、静心、下枝《しずえ》などなど。「しづ」自体が下という意味をもっているから、いきおい荒あらしい粗雑さなど感じさせないのだろう。その中でもとくに雫は本来水のことだから清涼の気があって、快い。

ふと見た花びらが雫をやどしていたりすると、造化の妙を感じてしまう。

雫にも、やはり松尾芭蕉の名句が多い。

　若葉して御目の雫拭《ぬぐ》はばや　(『笈の小文』)

散文的にいえば「御目の涙」だが、若葉の露けさに包まれて、御目まで若葉の緑の滴りと一体となったのだろう。盲目の鑑真像と対坐している芭蕉の目に、いま涙があふれ出る鑑真の目が、見えたのかもしれない。芭蕉にはもう一句おもしろい句がある。

　瓜の花雫いかなる忘れ草　(其角編『類柑子《るいこうじ》』)

この草は種《くさ》ていどだろうか。ふと見つけた瓜の花の雫に、さていかなる素姓《すじょう》の忘れ形見かと問うたのではないか。たしかに雫には、源を問いただしたい誘惑がある。

　さ夜床に落ちて瞳《め》となる月雫

という拙句も、瞳の潤いを雫かと感じた時、その旅立ってきた源が月だったのかと思ったのである。もう遠い昔のことだ。

姿見　すがたみ

体全体が映る大鏡のこと。

「すがたがいい」とは、なかなか言ってもらえないのではないだろうか。

もちろん、体つきや、格好がいいというのではない。日々の生き方、物への対処の仕方、立ち居振る舞い、そんなもののすばらしさの外見として、「すがたがいい」と言われるのだろう。

どうもすがたということばは、体が内側にもっているもの、その現れをさすらしい。身のこなしということばは、このすがたの美しい動作をいうと考えてもよい。

さて、すがたの全体を明らかにする鏡が姿見だから、この大鏡は、私たちの心の持ち方まで映し出してしまうすばらしい鏡だ。しかも見るとはほめることを意味する。

ただ、そう思うと姿見の前に立つ時、はらはらする。映し出される自分が、しょぼくれていないか、疲れきって冴えないのではないか、と。

いやいや、だからこそ姿見の中の自分をバロメーターにして、毎日を生きていけばいい。

江戸時代の古典には「すがた盛り」ということばさえ見える。いくつになっても、どんなに悲しい時でも、鏡の中で「すがた盛り」でありたい。

ちなみにすがたということばの語源は衣《す》・形《がた》だと私は思っている。元来衣服の着方、要するに着こなしのよさとりっぱな内面は、一致すると考えたのが日本人であった。もちろん衣服の値段の高さと人品は関係ない。

内面と外見が一体となって見せてくれるりっぱさ、これが美しい姿なのである。

せせらぎ

水が浅瀬を流れる時の、小さく澄んだ水の響き。

長い間、「せせらぎ」とはなんと美しいことばだろうと思ってきた。「かすかに鳥の鳴く声がした。それはせせらぎのようにひびいてきた」、などと勝手に文章を作ってみると、これから何が始まるのか、胸さわぎさえ覚える。

しかしこの「せせらぎ」、水が流れていく音をいうことばだとはわかっていても、さてどんな正体のことばなのか、ずっとは理解できない。

この小さな謎も、長い間わたしの心にやどってきた。

「せせらぎ」に先立って「せせらぐ」という動詞があったことはわかる。が、もう使っているのを耳にしたことはない。さらにもう一つ前に「せせる」ということばもあったはずだ。こちらは「せせら笑い」などに、まだ残っている。

ただ、このことばは味気ない。そう笑いたくもないし、笑われたくない。

ところがずっと仲間のことばを見ていると、「せせる」は物をもて遊んだり、赤ちゃんをあやしたりする時に使うらしい。要するに戯《たわむ》れることのようだ。

そうか「せせらぎ」とは浅瀬での水の戯れる音だったのかと、わたしは納得した。

「せせる」は「ささら」と同じことばだろう。「ささら」(簓)は日本の伝統楽器だ。竹を割ったものを重ねて鳴らすから「さらさら」と音がする。

日本人は、水の瀬音と竹片の立てる音を同じものとして、愛してきたのである。

手盆 てぼん

茶碗などを盆を使わずに、手から手へ受け渡しすること。

いつだったか、はじめて「手盆」ということばに接した時、一瞬理解できず、すぐ気がつくと、体が躍り上がるほどにびっくりした。「へぇー、こんなことばがあるのか」と。

たとえば御飯のお代りの場合、茶碗をさし出されたら給仕がわは盆を出し、盆の上に茶碗を受ける。反対に、さし出された茶碗をいきなり手で受け、返す時も手で渡すことは、失礼だったのである。そこでやむをえず手渡しで受け返しをする時「手盆で失礼します」と言った。

茶碗にかぎらず昔は何でも物を盆や扇子に載せて受け渡しした。じつは賞状なども盆に載せてさし出し、受け取る方も盆の上から書状をもらうべきだのに、もう今はだれ一人、そんなことはしない。いやそれが失礼だとは知りもしない。

今度いっぺん奥ゆかしく、物に載せて渡してみてはどうだろう。

しかも略式に渡すしかない時、手を盆に見立てて手盆というとは。奥ゆかしい極みではないか。現代人は見立ての能力がきわめて乏しくなっているが、せめて見立て上の盆を用意する心得ぐらいはあってほしい。

空茶《からちゃ》ということばも同じだ。茶にそえる菓子がない時「空茶ですが」といって出す。「菓子はないよ」とぶっきらぼうにいうのではない。「盆はないよ」といわないのと同じで、空茶という一つの茶を考え出したのである。

ことばが、こうして無礼を十分補う能力をもっていることを、改めて考えるべきだろう。

目顔　めがお

目の表情のこと。「目顔で知らせる」などと言う。

何の小説だったか忘れてしまったが「目顔で知らせてきたので」という一節があって、感心したことがある。要するに目くばせのたぐいなのだろうが、「目くばせ」はどうもいい意味には使わないように思う。悪だくみの合図だとか、少なくとも人に気づかれないようなしぐさを強調しているように思う。

平安時代の落窪《おちくぼ》物語には「雑色《ぞうしき》どもにめをくはすれば」という表現がある。これが現代語の「目くばせ」のもとだが、「くはす」は「食わす」。「食う」は元来口にふくむことをいうから、目を口の中に入れこんだことになる。なにか雑な気がして、平安時代のことばとも思えない。その反対に、何気なく目で意志を伝えようとする場合が「目顔」だろう。そんな気持ちが目で察せられるのだから「目で知らせる」でもじゅうぶんよいものを、「かお」をつけた「目顔」という造語法がよい。

目は、口ほどに物を言うと諺にあるほどの働き手で、「糸屋の娘は（男を）目で殺す」から西陣では注意した方がよい。

おもしろいのは「目から鼻へ抜ける」と賢いことになるのに「目から耳へ抜ける」と何の記憶にも残らないことになってしまうことだ。

鼻は嗅覚の器官、すぐ善悪が嗅ぎわけられるが、反対に耳はぽかんと開いているだけなのか。顔の器官のことば探しは楽しい。

やや子　ややこ

赤ちゃんのこと。略してやや、ともいう。

生まれて間もない子をいうことばは、あかご、みどりご、やや子、嬰児《えいじ》と、みんな美しい。「あか」は純正、「みどり」は若々しいという意味だ。嬰はおさない。字がいい。

ただ、ややこは、もう使われなくなってしまっただろうか。使わないがわかるという程度だろうか。方言では、まだ健在なのかもしれない。

だからこのことばは、ややさま（さん）というように、尊敬のいい方が後のちまで残ったのではないか。それにくらべると、あかさまは特殊な気がするし、みどりさまとはいわない。

残念ながらやや子の語源がはっきりしない。「やや」には少しの意があるから、生まれて少し成長した子をいうのではないかと思うが、ややおぼつかない。

しかしそれはそれとして、ややという語感から、大切にしなければならない未成熟なものという繊細な気持ちが感じられて、とても重要なことばのように思う。

やや子と同じニュアンスの、やや寒《さむ》とかややとということばがあるのにもわたしは感動する。前者は秋深いころの肌の冷え、後者は小さい魚でチリメンジャコのこと、こちらは女房詞《ことば》だ。チリメンジャコがいまでも日常の食べ物の、いかにも京都発のことばである。

こんな、感覚的でしかないややを幼児にあたえる言語感覚は、うれしいではないか。「ややの子ども」などとは。ややには「少しずつ」といった期待感もある。あかごやみどりごとの違いも、そのあたりにあるだろう。「やや」をぜひ復活させたい。

結　ゆい

農作業などでお互いに労働力を提供しあう慣習のこと。

田植えとか稲刈りとか、田の仕事は一時にたくさんの人手がいる。そこで昔から、しぜんと手間を貸し合う関係ができ、それが習慣化してくると、この関係を「結《ゆい》」とよぶようになった。もう千年も前に、このことばが誕生し、おのずから一定の家いえ、人びとが「結」の者となったが、さらに進んでは、傭われるままに出張する一定の労働力集団もできた。

そこで協力関係の者どうしを「結」とよぶことばの何と美しいこと。「組《くみ》」というのも人間関係を組み合わせるのだから「班《はん》」（分けること）より、よほど心がかよった表現だが、しかし手間を結び合う、手を絡《から》ませ合うような「結」はもっとすばらしい人間関係をうむことだろう。残念ながら賃金をもらう雇用集団となると、味も素気もないが、本来は助け合いの精神をさすことばだった。

とくに田植えが結のいちばんの仕事だったらしいから、結の女が、神聖な早乙女《さおとめ》として早苗を植えるようになる。江戸時代後期、与謝蕪村の弟子として活躍した高井几董《たかいきとう》（一七四一―一七八九）に結のいい句がある。

雇はれて老なるゆひが田歌かな　（『井華集』）

早乙女は苗の豊穣を予祝するために晴れ着をまとう。田の神の嫁として乙女でなければならない。だから、結の女として参加した老女の田歌には、ささやかな誇りと、いささかな人生の哀歓もあったことだろう。

私雨　わたくしあめ

部分的に降る雨、にわか雨、村雨などのこと。

このことばに出合った時、一瞬けったいな気がした。当節ふうにいうと「何、これ」といったところだ。しかし考えてみると、語感といい、意味の含蓄といい、なかなか味わいがあって、大好きになった。

そもそも「わたくし」は「おおやけ」の反対。漢字の「私」も「公」と一対の字である。公でないから「私《ひそか》に」と訓《よ》んだりする。そんな、正式でないところから、場所を限ったり、突然降ったり、降ったり止んだりという気まぐれな雨を「わたくしあめ」とよんだのだろう。

もちろん雨自体は一定の条件によって降っているのだから、べつに変わり者ではないが、それを「わたくし」をもって名づけるのがおもしろい。「わたくしあめ」は要するにゲリラ的な雨らしいから「わたくし」とはゲリラ的なのかと思うと、急に愉快になる。

雨のやつ、私情を出しやがって！　といまいましいが、なにせ相手は雨だ。そうそうけんかもできないから、濡れて歩くことになる。

それならいっそのこと「わたくしあめ」を利用しようと思う人もいるだろう。大好きな人でもいれば、心の丈《たけ》を雨として思いきりその人の上に降らせることはできないものか。

万葉集には天皇と皇后が「この雪はわたしが降らせたのです」と言い合う歌がある。これはさしずめ「わたくし雪」だ。それもこれも、人間ふだんは「おおやけ」に縛られて肩がこりすぎているから、ことばでだけでも「わたくし」で遊びたいのだろうか。

Ⅱ　ことばの玉手箱

「スカートの裾を濡らしたい」

わたしの好きな万葉集には、ほのぼのと心温まる歌がいくらでもある。たとえば、「朝帰ってゆくあなたの足を濡らす、露がいっぱいおりた原っぱ。私も早起きをして、スカートの裾を濡らしたい」といった歌。

朝戸出の君が足結を濡らす露原　早く起き出でつつ我も裳裾濡らさな　（柿本人麻呂歌集）

当時は夜、夫が妻のもとをおとずれて朝になると帰っていった。しかも、まだ露も乾いていない暗い内でないと、人目につく。その別れの朝、女は男といっしょに起き、しかも露のおりた原っぱをかき分けて帰ってゆく男と同じように、自分も露に濡れたいと思う。

ところで以前、あるアンケートの結果を聞いたことがある。「あなたは、出勤するご主人をどこで見送りますか」という問いに対して、現代ではベッドの中でという答えがかなりあった、ということだ。

一昔前までは、バス停まで送っていって別れるとか、帰りは駅まで出迎えにいくとか、初々しい新妻がいたのに。いまや頭にカーラーを巻いたまま寝ている妻が多いとは。夫は一人で炊飯器からご飯を盛っては食べて、出勤するのだろう。

それにくらべると、万葉の人妻はどうだ。夫と同じ体験をすることも、うれしい。自分のスカートを見て、夫もこんなにズボンを濡らして歩いているのだと思うと、いっそう一体感が高まる。

しかも、「足を濡らす」といったのは、じつは「足結《あゆい》を濡らす」と歌うものだ。足結とは歩きやすくするために、ズボンを縛ることで、この役割は、女がすることに決まっていた。自分が心をこめて支度した旅装を露が濡らしてしまうのである。だから自分も同じ難儀をして、夫の心をおし測りたい。

いまでいえば、さしずめ夫のネクタイをしめて愛情を示す妻といったところだろうか。

「イケメンには謎の風が吹いている」

テレビの画面は、折しも漫画家志望の少女が、自作をもって流行漫画家を訪れる様子を、映し出していた。

少女がおずおずと自作の画をさし出す。大きな顔の画だ。なるほど初心者らしく、何のおもしろ味もない。

するとプロの——申しわけないがお名前を聞きもらした。連載を何本もかかえている、女性の大家が手を加え始めた。髪が流れるように線が描きこまれる。そこで彼女は、こう言った。

「イケメンには謎の風《かぜ》が吹いている」

「?」。少女はわけが解らずに、けげんな顔付だが、見る見る表情の加わった画の顔は、みごとに主人公としてストーリーをひっぱることができる、すばらしい風貌の持ち主となった。わたしは賛嘆の声をあげた。

「謎の風」とは、風《ふう》とよばれるもののことにちがいない。主人公はリーダーとしての風格《ふうかく》をそなえ、押しも押されもせぬ立ち居振舞いをしてこそ、衆望を集めうる。いや、それなりの風雨につねにさらされながら、それを克服していってこそ、ヒーローといえる。

「イケメン」の「イケ」も、そんな凛々しさから感じられるものだろう。毅然とした態度も、人の心をひきつける。

だから、この風《ふう》は、自然に吹いている風《かぜ》のことではない。どうしたら風《ふう》が身にそなわるかといわれても、風格、風貌のことなのだから、謎の風だと、いうしかないだろう。漫画家は漫画家らしく戯画化して「謎の風」とユーモラスにいったが、じつはこれは、重大な発言だと思った。

わたしが、いまの山沿いの家に移り住んでから、十年がたつ。その家の中から庭を見ていると、絶えず木がゆれている。垣根の向こうは小さな公園。さらにその先は昔の名天子の生母の陵《みささぎ》である。公園の木立も陵の森も、いつもゆっくりと梢を風に委ねている。

風があり、葉が動き（歯が食物を咀嚼《そしゃく》するように）、活発に風を体内に受け入れて、木々は活きいきと、生い育っていく。

木もイケメンになる。

どうもイケメンとは、顔形がととのったハンサムのことではないらしい。困難に敢然と立ち向かって、風《かぜ》に髪をなびかせながら、しかし迷走などしないで、りっぱに意志を貫いていく、そういうカッコいい風貌を、イケメンというのだと、わたしは納得したことだった。

「一つを得ることは、一つを失うことでもある」

作家・黒井千次はことばの名手である。世の中には、だらだらと書くばかりでいっこうに緊《しま》らない書き手も少なくないが、しかし氏は要点をずばりと的確な表現でまとめる。

エッセイ集『老いのつぶやき』（河出書房新社）の中では、たとえば最近の若さの礼賛を「見せかけの若返り」と言ったり、碁石のことを「何の肩書きもない絶対平等の無名の石達」と言ったりする。

ことばの醍醐味をじゅうぶん堪能できる作家である。

さてその本の中で、最初に出合ってどきっとさせられたことばが、「一つを得ることは、一つを失うことでもある」という一節だった。

このようなことを考えている人は、はたして何人いるだろうか。手に入れることは所有を増やすことだと、きめてかかっている人がほとんどではないか。とにかく足し算が引き算だとはだれも思わない。

一たす一は二であって一ではない。ところが氏は一だというのである。おかしいと思うだろう。

しかし翻って考えてみると世の中に存在するものは一定なのだから、足し算だけで、あるはずはない。たとえばお金が一円増えれば、だれかの手元で一円少なくなっているのだから。金は天下の廻り物とは、よくぞ言った。

にもかかわらず儲けることにしか、一般には目がない。手元が少なくなれば、手段を選ばずに金を得ようとし、できないと嘆く。

このことばは、そんな俗世に冷水を浴びせるものだろう。人間を幸せにするコツともなることばだろう。

そこで、亡くなった平岩外四さんが言っていたことばだ。いわく「人に勝つには六分で勝ちなさい」。四分は負けろというのである。

完勝などと威張ってはいけない。人の恨みをかうだけだ、ともいう。本当なら五分五分で引き分けがいいのだが、本来勝負とは勝つか負けるかだから勝つ方がよい。しかしその時も六分がよい。その結果、一勝一敗なのがよいのだろう。

「決定できないことは大きな問題ではない」

少し前のことだが、飛行機の中で手にした英字新聞「インドタイムス」に入っていた折り込み広告を見て、びっくりした。

一面に真っ黒。その中央に金文字が躍《おど》っている。いわく、

「決定できないことは、あなたのビジネスにとって、大きな問題ではない」

と。

人生とは、どうしたらよいか、悩みに悩みつづける時間の連続だといってもよい。その一つひとつを解決しつづけ、幸いに大きな過失もなければ、好運な一生といえるだろう。しかし好き好んで誤るわけではないのに、事業に失敗することも少なくない。

その時に、うまく決定できなくてもよいといわれれば、それなりの勇気も湧き、運命が開けるかもしれない。

新聞紙上の金文字は、暗黒の闇の中での福音のように、わたしには響いた。

もっとも、じつは紙面をめくると最新のレーザー印刷機の広告だった。

だからこのことばの下にも「よりスマートで効果的な、信頼すべき印刷機の開発によって、あなたのビジネスを次のレベルへ引き上げよ」とある。

そこでわたしが巧みなコマーシャルに舌打ちをしてもいいのだが、しかしそれは賢くない。この広告にまんまとだまされて、人生上の教訓ととる方が、よほど有益ではないか。

迷わずにつぎの最新機器を買いかえよと言うのだから、仕事の上でも当面の解決のむずかしさを深刻に考えて、暗闇に立ちすくんでいるより、勇気を出してつぎのレベルに向かって向上していくべく、努力をすればよい。広告がいう、より性能のいい、新発見による手段とひとしいものが、一人ひとりの目の前に発見できることになる。

困難に出合った時どうするか、かねてわたしが考えてきたことは、「何事も決まっているのではない」と思うことだった。すると、急に気が軽くなる。その時は、いちだんとスマートで能率よく、信頼すべき局面が展開すると、言ってくれているではないか。

日本を発ってインドへの旅路は、けして短いとはいえない。いつも一覚悟が要るのだが、その機内で、ずっとこのことばの意味を、わたしは考えつづけていた。そしてインドには底知れない深さと広さと、さらに未来があることも。

「時間」

歌人の辺見じゅんさんに誘われて、NHKテレビの番組「短歌」に参加した。その時、つぎのような応募歌に出合った。

短針と長針が編むまるい時間《とき》青いツラした安定剤《かぷせる》撫でる　小川健太

とにかくこの一首は、古来哲学の大課題たる時間を問題にする。ところが時間とは短針と長針が編み上げるものだと、断って棄てた。つべこべ言うな。刻々と無機質に文字盤で円運動している物でしかないのだ、と。

彼の時計は青色のものらしい。それに向かって「青いツラした」と言う。多少の憎らしさと抵抗の無力感を隠しきれない作者。

しかし一方、この強引な支配者に従っていると、人間何も思い煩うことはない。時計は精神安定剤でもある。時計の奴隷になっている現代人をこう巧みにいわれると、時計は何と恐ろしいことよ。

ところが彼は時計に一矢酬いる。時間《タイム》はカプセルにもなるぞ、と。つまりタイムカプセルに入れてしまえば、物を支配して過去だ未来だと勝手に決めている時計だって、一挙に無力になる。過去を現在にしようというのがタイムカプセルなのだから。

お前さんなんて他愛もない物だと、青くて円い奴に言い放っているこの一首は何とも凄い歌で、私は舌を巻いた。

二十歳台の若者らしい。

現代人は時計の針に人生を操られているだけだと言われて、少々めげたが、しかし短歌なるものがこんな主張をつきつけてくることの快さが、じわじわと拡がってきた。

やはり詩をよむことの歓びは絶大だと、改めて思った。

「モグラ」と「ウズラ」

今から二千五百年ほど前の『呂氏春秋《りょししゅんじゅう》』という中国の本には、春、モグラがウズラに化ける節気がある。曰く「田鼠《でんそ》化して鴽《うずら》と為《な》る」と。

え、そんなことがあるのか。あるとしたらこれは大発見だ。

この本には、ほかにも春のころには、獺《かわうそ》が魚を祭るとか、鷹が鳩になるとかと書いてあって、大発見のオンパレードである。

はたしてこれらは、大ホラなのか。

いやいや、なにしろ恐竜が鳥になったことが科学的に証明されているから、すべて事実かもしれない。春になって穴から首を出すとモグラ叩きに合う奴らは、もう我慢できなくて、ウズラになって飛び立ったのか。

そういえばモグラもウズラもずんぐりむっくりの姿が似ている。

万葉びとに言わせるとウズラは天上の荒野に隠れ棲んでいる「怕《おそろ》しき物」なのだから、晩春の陽気にまぎれてモグラが天空の魔界に飛びこむことだってありえる。

同様に氷のとけた川でカワウソが獲物の魚を両手で捧げたり、獰猛《どうもう》な冬のタカも春の女神にさそわれてやさしいハトになるだろう。

春には、とかく椿事が多いのである。

ところで、わが国の俳句という文芸は、日常の事物から思いがけない面を発見することを身上とする詩である。

だから『呂氏春秋』の発見は日本の俳人たちを喜ばせ、モグラの変身も晩春にありそうな椿事として、歳時記にまで載せてしまった。そしてモグラやウズラをからかう。

鶉《うずら》かと鼠の味を問《とひ》てまし　宝《たから》井《い》其《き》角《かく》（五元集）
とぶ鶉鼠の昔忘るゝな　小林一茶（一茶句帖）

「お前を食べるとウズラの味がするか」とネズミ（田鼠）に聞いたり、「いくら飛べても昔ネズミだったことを忘れるな」と言って。

要するに人間には新事実の発見より、真実味の発見の方が、おもしろいのである。

世間ではそれを白昼夢というにしても。

「ハクナ・マタタ」

劇団四季が好評を博しつづけてきた「ライオンキング」が、また大阪でも上演されることになり、初日に観てきた。

ストーリーはよく知られているとおり、ライオンの王位をめぐる話である。王の弟はかねて次の王位を狙っていて、後継者である王子を亡きものにしようとたくらむ。ある日、彼は王子をことば巧みに危険な場所にさそい出し、助けにかけつけた王をヌーの大群に襲わせた上で殺した。事態を悲しんだ王子は放浪の旅に出る。しかし艱難《かんなん》の後、王位を奪った叔父を退けて無事自分が王となる。

さてこの中の一こまに王子が密林にすむ動物に救われるシーンがある。救ったのはイボイノシシとミーアキャットの二匹。陽気な彼らが始終口にするせりふが「ハクナ・マタタ」である。日本語のせりふの中で突然こう言われるから、「ハクナ・マタタ」はお題目のように、お呪《まじな》いのように、また神さまのお告げのようにひびく。もちろん、演出家はその効果をもくろんでいるのだろう。

このことばの意味は「くよくよするな」だという。二匹がすむ密林は自由の世界、そこで二匹は陽気に生きているから最高の楽園がここである。反対が荒れはてた砂漠。そこでは動物たちが毎日、食うか食われるかの死闘をくり返している。醜い欲望がはびこるのも、この痩せた大地においてだ。王子はこの欲望と殺し合いにみちた砂漠から偶然密林に紛れこんで新しい生き方を教わることになる。

折しも父王を殺したのが、じつは叔父だという真相も知って、復讐を誓い、みごとに自らが王位に即《つ》くことができた。

この再生——失意の放浪から彼をよみがえらせ、弟王の悪政の下に希望を失ったライオン王国を救わせたものこそが、自由な楽園である密林でのおきて「くよくよするな」だった。

人間、くよくよしていても、何の役にも立たない。ただ心が滅入るばかりで、細菌のように自分を蝕《むしば》んでいく。その点、イボイノシシやミーアキャットは身のなりふりにはお構いなしに陽気に生きていて、くよくよなんか一切しない。

人間の生きるコツはまさにそこにある。わたしたちはつらいことがあると「ハクナ・マタタ」と言おう。そしてこのことばを口癖にして明るく生きていこうではないか。

「徳を積め」

現代日本画の名品からは、何か共通した感動が伝わってくる。この何かとは何物か、常凡の作品に見られない物の正体をわたしは長く尋ねあぐねてきた。

そして最近、それが「神韻縹渺《しんいんひょうびょう》」と批評されるものだと、確信するようになった。

名作には共通してふしぎな響きが漂っているのではないか。

なるほど、物の姿をどう描くかといったレベルを超えて、画布からにおい出してくる、神妙な雰囲気こそ、名作とよばれるものがもつ品格なのであろう。

ただ、そうなると、神韻をどう漂わせたらよいか、思い悩むことになる。

そう思うと、ある時手塚雄二画伯が語ったことばが浮かんできた。手塚画伯は長老の多い日本画界にあって俊英の画家だが、たとえば画布一面が月光に映える「月読《つくよみ》」の作など、不可思議な海原の静寂な生命感にあふれた名画である。

さて手塚画伯は、生前の平山郁夫画伯が、ただ「徳を積め」と助言してくれたという。

「先生は何もおっしゃらないんです。ただ『徳を積め、徳を積め』というだけで」

このことばを聞いた時、わたしは「あっ」と息を呑んだ。

あの「神韻縹渺」とは、有徳の画家の精神が画布ににじみ出たものなのだ、と衝撃的に理解したからである。

もちろん手塚画伯も、それ以上は何もいわない。平山画伯から口伝えられたものを、わたしたちに口伝えするばかりだ。人格化した神韻は、もう説明を超えるからだろう。

そう後進に語った平山画伯の画も、描かれた人間や物体を超えた神韻が漂っている。ある時平山作品について意見を述べ合った折、より多くの人が口にしたことばに「幻想的」という単語があった。しかし幻想ふうに見える平山作品のファジーな物や人や風景の輪郭は、じつは即物的な形をつきつめていった時にひびき出す、物の本体だと思う。これを会得するためには、人徳が必要なのだ。

徳という文字の本義は真っ直《す》ぐな心である。巧く描いてやろうとか、傑作を生もうなどと考えない、明澄な心が画家に神韻をもたらす。

いやすべての人に気高い成果を与えてくれるものが、徳なのであろう。

「徳は孤ならず。必ず隣あり」（論語）ということばもある。徳は一人よがりのものではなく、万人と馴染み合うやさしさにまで到達しなければ、徳とはいえないのである。

詩のことば

森の光は
海底の光

ホセ・マリア・イノホーサ「森に風」（興津憲作訳、『イスパニア現代詩選』彩流社）

ホセ・マリア・イノホーサ（一九〇四―三六）はスペインの詩人。スペイン内戦の折、総選挙に立候補して、政府側の軍人によってマラガで暗殺された。三十二年の短い生涯であった。

「森に風」は五連十五行の詩だが、その最初の二行が、こう歌い出される。

詩人の目には、風に揺れる森の姿が深海の底のように見えるらしい。梢《こずえ》を走る風は、海上におこる緑の波のようであり、森の木々は沈黙と静けさをまとった海底の人のように映る。

しかし、もちろん、詩人はそんな説明を役目としてはいない。読者のわれわれも、森がおびている光は、海底にさす光とひとしく、輝きながら沈黙している物体として、森と海底が同じ物だという理解をしよう。

「森の光は海底の光」――ひらめきのようにわれわれの心に訴えてくることばではないか。

この森林という存在は、それほどに大きく神秘で、奥知れないものなのだ。

しかもこれは、単なる思いつきではない。川沿いに森林をもつ北海道の利尻では、河口近い海にりっぱな昆布が生えるという。森林が川に流す沃土《よくど》が良質の海底を作るのである。詩人の直感は、それを鋭く見透かす。

やはり、森の光は海底の光とひとしい。自然の妙を透視することも、詩人の役目である。

海とともに
ぼくは
まあたらしい
棺となった

ジュゼッペ・ウンガレッティ「宇宙」(剣持武彦訳、フェリス女学院刊『玉藻』)

近代イタリアの代表的詩人・ウンガレッティ(一八八八―一九七〇)が二十八歳の時の詩である。当時彼はオーストリア軍と戦う塹壕《ざんごう》の中で、この詩を書いた。

その一編について比較文学者の剣持武彦が文章を書き、新しくすぐれた訳を示している。海は人類にとって母胎である。しかしいまは地上生活に慣れて、もう海の生活に帰ることはできない。海は異界である。

それでは母なる世界へは、どうすれば戻れるのか。死ぬしかない。せめて骸《むくろ》を入れた棺《ひつぎ》を、潮に乗せて流してもらうだけだろう。

現実的にいえばこうしたことを、さてウンガレッティは「まあたらしい棺となった」という。

死などではない。新たなる生の誕生なのだ。なにしろ、根元の母なる世界への旅立ちだから。

しかも棺に入る、などといわずに、棺となったという。うまいぐあいに、日本語の「ひつぎ」は「霊継《ひつ》ぎ」、魂を継承する空間を「ひつぎ」といった。

こうした生死の本質的な連動を知らされてわれわれは驚く。作者は海上に船をこぎ出したのだろう。その時に知った生の本質だった。だからこのあふれるような歓び。輝く空と海のまぶしさ。

マクシム、どうだ、
青空を見ようじゃねえか

菅原克己「マクシム」(『遠くと近くで』現代詩文庫)

菅原克己《すがわらかつみ》(一九一一―一八八)は戦後、新日本文学会などで活躍、鋭く生活感覚を歌った詩人である。

彼はこの詩でみずからの過去を語る。恋した娘が死に、勤め先を馘《くび》になり、留置場に入れられていやというほど殴られた、と。

しかし、昔は汚れたレインコートにくるんだ夢と未来があった、ともいう。思想の弾圧がはげしかった時代の辛《つら》い経験。しかしその中で夢を捨てなかった青春。

この経験から作者は読者にこう告げる。

言ってごらん、／もしも、若い君が苦労したら、／何か落目で／自分がかわいそうになったら、／その時にはちょっと胸をはって、／むかしのぼくのように言ってごらん、

このあとに続くことばが、掲出した二行である。

さあ、われわれもみんなマクシムになろうではないか。まずは自分を巨大な人間だと思うことだから、間違ってもミニマムなどとよびかけてはいけない。

そして青空を見よう。美しい無限の空だ。そう、このマクシムと青空こそ、夢なのである。現実に持っているものが汚れたレインコートだって、それは何の問題にもならない。

上を向いて歩くと危険だが、こちらには何の危険もない。

こころは二人の旅びと

萩原朔太郎「こころ」（日本詩人全集『萩原朔太郎』新潮社）

萩原朔太郎《はぎわらさくたろう》（一八八六―一九四二）は前衛的な詩風をもって詩壇に登場し、近代人の不安を多彩に描いたが、戦争が激化すると、ぷつりと詩作を絶ち、散文詩しか残さなくなる。

その朔太郎も結局は、ふしぎな人間の心を問いつづけてきたことが、この素直な「こころ」の詩からわかる。

彼はこの一編の中で、心をアジサイの花のように変化し、捉《とら》えがたいものだと歌うが、彼にもはっきりとわかっていたことは、心とはわが身に寄り添うもので、身と心との二人の旅人が

人生を歩んでいくのだということだった。

わが身とは別個のもので、心も勝手に旅をしているのだから、もちろんいつも思いどおりになど、なるはずはない。身が心をよべばよぶほど、身を疎んじて遠ざかることもあるだろう。それでは心なんかさっさと捨てればよいのだが、とんでもない、生まれながらにしてパートナーとしてもってしまったのだから、宿命的に付き合うしかない。

もう一つ、心は困り者だ。この道づれは、「たえて物言ふこと」がないと朔太郎はいう。どう思っているか、何もいってくれない。

しかしそれなればこそ、愛《いと》しさを増す。人生はいささか厄介だが、愛しい道づれと、「同行二人」の旅なのである。

「かりに」

日本人が古来もっていた日本語と、のちに日本へ入ってきた外来語との関係について、いま興味がある。

というのも、昨今世上にあふれているIT革命に、猛威を感じるからである。ITは情報手段としてのみならず、当然用語をキーワードとする思想ももつ。それが日本の歴史をどう変え、これからどのような軌跡をたどるのか。IT革命は従前の宗教革命や明治の文明開化に匹敵するように大きな変革にちがいないが、それを日本文化の中でいえば、どのような思想変革ということになるのだろう。

それを思うと、過去にも同じ現象があったことに気づく。

たとえばこんにちわれわれは「かりに」などという。「今期の収益がかりに一パーセントアップすると」と経営者が言ったとしても、誰も驚かない。

ところが「かりに」とは中国語の仮（か・け）という単語が輸入されて「仮る」という日本語ができた結果、副詞として誕生したものだ。

それがいつだったかは推測の域を出ないが、「仮」は仏教に多用されることばで、「仮合《けごう》の身」といったりする。この世を仮りの世とする考えも、仏教に強い。だからおそらく仏教の輸入にもとづいて日本人の受容したことばだろう。そうすると、六世紀の中ごろになる。

つまり日本人は仮定の概念を六世紀までもたなかった、と考えなければならない。

現代人の思考から仮定をとり去ることは、できるだろうか。とんでもないことだとしか思えないが、仮定のない思考なるものを検討する必要にわれわれは迫られている。

歴史にｉｆはない！　とよく言う。歴史は既定の完全な事実として認識せよ、それ以外を考えても無駄だというわけだ。古代人が背負っていたこの重み。過去にまで非事実を空想してみるのはあほらしいロマンチシズムだ、そんなものを微塵もたない生き方こそ正確だというべきだった。

そこに関連して浮かんでくることばに「現《うつ》」というものがある。夢現《ゆめうつつ》として夢（仮定）と対立する現実、現し身という肉体の実体認識、これらが日本人の古来の現実感である。

ところが現代人は写真を写したり、フィルムをスクリーンに映したり、テキストをノートに写したり、住居を移したりする。「うつす」とは現実どころかすべて変動しかいわない。

しかし本来の日本人の思考に戻してみると、これらはどうも変動ではない。すべては事実そのものであって、コピーなどという概念はまったくないのである。

印画紙の人物も実人物と同じ実体、銀幕のスターは生身の人物と、ノートの文章はテキストと、そして地番、場所は変わっても住居は住居として、いささかも変わらないと考えたのが、本来の日本人だったことになる。

いまどき、そんな非科学的なことを言うのかと叱られるだろうか、幼稚な奴と笑われるかもしれない。

しかしその科学的とか幼稚とかを疑うところにこそ、現代人の役目がある。さっきの例でいえば引越しがいちばんわかりやすいように、空間が変わっても居住することには何の違いもない。大事なのは居住することであって、何処にいるかは付属の条件だけだ。写真もスクリーンもノートも、それでじゅうぶん実体感があればそれ以上、これは実物でないとひがみ続ける必要はどこにもない。これが仮定をもたない六世紀以前の日本人の認識だったのである。

この文章にいちばん共鳴してくれるのは、恋人の写真を持っている読者だと思う。もっとも共鳴してくれない人は、前の物と今の物がどう違うかなどと、役にも立たないことに目くじらを立てている人ではないか。

「花涅槃」

平成十六年、愛知県美術館で開かれた展覧会「自然をめぐる千年の旅」の中に「早来迎《はやらいごう》」と通称される一枚の画があった。

それからの連想を、わたしは大いに楽しんだ。

なぜなら、画は死者を阿弥陀《あみだ》が迎えに来る様子を描く。ところが、まわりは、全山サクラでおおわれているからである。

そうなると、日本人は、すぐ西行の名歌を思い出すだろう。西行は「願はくは花の下にて春死なん　その如月《きさらぎ》の望月《もちづき》のころ」と詠んだ。

二月十五日、満月のころにサクラの満開の中で死にたいと願ったのである。「早来迎」の画匠は百年ほど前の西行の歌を知っていただろう。

しかしサクラと死の結びつきは、神話以来の日本の伝統である。先祖の神さまがサクラの女神と結婚したから人間は命短く死ぬようになったというのが神話の言い分だし、サクラは、人間の自分への恋がいま絶頂だから散ろうと思って花びらを散らすと考えたのが、八世紀の歌人である。

サクラの満開が死に裏打ちされているという考えは、このように伝統が久しい。それを名歌によって決定づけたのが西行で、以後サクラの満開の中に、阿弥陀の来迎があるという信仰は、曼陀羅《まんだら》の一つのパターンとなった。

そこで、こう決まってしまうと、以後の日本人はサクラへの憧れを宿命とされてしまう。人間の最大の願望は、美しく生を終えることなのだから。

わたしは、この日本人の「花下往生」の願望を、花涅槃《はなねはん》ということばでよびたいと思う。桜花爛漫《らんまん》の風景は、日本人にとって、幻視の涅槃なのである。

そして考えてみると、この花涅槃には四つの風景が浮かんでくる。

一つは花見。サクラが咲くと人びとは花の下で花をめで、飲食をして舞い踊る。さながらに涅槃に生まれためでたさを祝福するように、花下遊楽をきわめる。

落花が人を殺すという信仰も古い。花は人を狂い踊らせ、あげくの果てに殺してしまう。そのまま涅槃に入るなら、冥利《みょうり》に尽きるというべきなのだろう。

一方反対に、二つめの日常の中の花涅槃がある。同じ展覧会に出品された川合玉堂の「行く春」は一面に降りしきる桜花の下で、つながれた舟には縄をなう老人がいる。他の二艘《そう》は水車舟で、脱穀か精米をしているらしい。

おそらく何百年も変わらずに営まれている日常であろう。その証拠に、画面には何事もない静かさと安寧がある。たしかな日常の中に花を咲かせ、散らし、青葉に移っていくサクラ。

この安らぎはサクラがもたらす、涅槃のごとき穏やかさではないか。しばらくの生を終えたものは、そのまま花涅槃の中で死者となる。そのことに、何の疑いもない。

そして三つめに、季節といういわば巡行の秩序の中に花涅槃がある。四季屏風《びょうぶ》の春にはきまってサクラが描かれる。すでにサクラは春の記号としてわれわれの体の中にインプットされているから、サクラが咲かないと、むしろわれわれは落ち着かない。

逆にサクラが咲き、秋に紅葉が山をいろどると、われわれは大きな宇宙のサイクルに組み入れられたような生命観を抱き、この永遠性が涅槃に似た安らぎをあたえてくれる。サクラ咲く季節を迎えると、日本人は法悦に似た喜びを抱くのではないか。

しかし、そういっても、異空間である涅槃を特定のところに設定したい願望も日本人はもった。そこで吉野を花涅槃とした。卒塔婆《そとば》千本ならぬ桜千本を植え、日本人は、花涅槃へと、競って吉野を訪ねつづける。

サクラを題材とする文学も美術も、いままでおびただしく作られてきた。これほどまでに日本人がサクラに関心をもつのも、その世界が花涅槃とよぶべき空間として、われわれをよびつづけるからであろう。

「優游涵泳」

中国古代の思想家として知られる人に、孔子（前五五一—前四七九）がいる。そして彼の言行をまとめた本が『論語』であることも、知らない人はいないだろう。日本でも古くから『論語』を尊重し、孔子の学問を儒学とよんで学んできた。

ところが後の明の時代に朱子（一一三〇—一二〇〇）というすぐれた儒学者が出て、独自の解釈を樹立、日本でも大きな影響をうけた。朱子が『論語』を解釈した『論語集注《しっちゅう》』も多く読まれ、他でもないわたしがまず接した『論語』も、父の書架にあった『論語集注』であった。

さてこの『論語集注』に見えることばが「優游涵泳《ゆうゆうかんえい》」である。孔子が『論語』の中で、人間の成長過程にしたがった勉強の仕方を教え、「七十にして、心の欲する所に従いて、矩《のり》を踰《こ》えず」（七十歳になったら気持ちのままに勉強するのがよく、一定の基準を超えてはいけない）といったのに対して、朱子が説明を加えた。それが「まさに優游涵泳して、等を躐《こ》えて進むべからず」というものであった。

「優游涵泳」とは、優しく、遊び心をもち、体を水にひたすように学問の中に入りこみ、ゆったりと泳ぐような勉強の態度である。焦ったり無理をしたりして勉強してはいけない。年齢相応の学び方があるはずだから、それを重んじて勉強するのがよいというのである。

ただわたしは、これを七十歳の勉強の仕方だけとは思わない。どんなに若い時でも、せっかちに我意を通していては解決がつかない。ゆったりと事の本質の中に身を委ねることが、いい結論を生むのではないかと思う。

わたしが最近口にすることばの一つに「遊読」というものがある。文学作品を読んでいながら、筋ばかりを追い、事件の展開だけをおもしろがったりして、どんどん読みとばしていく人がいる。これは正しい読書ではない。読書の醍醐味は、じっくりと書物の中に埋没して楽しみつつ読むことにある。まさに優游涵泳すべきなのである。

とくに自然科学を主として、事柄を告げるのが主である書物もある。いわゆる情報誌となれば、その最たるものが資料集であって、物を直接学ぶ書物ではない。すると読者は情報を得ることだけに終始する。それはそれで有効だろうが、一般の思想を語る書物を、情報蒐集の源と考える人も少なくない。

その時に有益なものが優游涵泳のすすめであろう。たとえ情報の羅列ではあっても、そのことが語る哲学さえある。

こうしてわたしは優游涵泳を、年齢を超え、書物の種類を超えて有益な読書法だと思っている。

いやいや、ことは書物に限らず万般にわたるであろう。他人をせっかちに評価してはいけない。事件も拙速に判断してはいけない。人間すべからく万事ゆとりある態度で接することがよいという教えではないか。

「恋の痛み」

日本の古代語は、そもそも日本語がどういうものか、正体を見きわめるのに、絶好の材料である。

そう考えて、あれこれと古語を頭に浮かべてみると、かなりきわやかな特徴を見せてくれる。結論的に言うと、具体的、肉体的な認識を基として成立したことも、その大きな一つだろう。

幸福を意味することばは「さいわい」(古くは「さきはひ」)という。「さき」は花が咲くこと、「はひ」は這うとか延《は》え縄漁法とかという「はふ」だから「花が咲きつづけること」が幸福だということになる。

きわめて視覚的で、これならすぐに万国共通語にできる。わたしはいつも、このように外国人に説明してくださいと言ってきた。

そこで当然、幸福の反対も、同様に具体的に認識することとなる。

万葉集には、

村肝《むらぎも》の　心を痛み　　(巻一、五。巻二、一三五)

などと、心が痛いという表現があるが、

天霧らふ　しぐれを疾《いた》み　（巻六、一〇五三）
風を疾み　立ちは上らず　（巻七、一二四六）

のように、しぐれや風が疾いという表現が共存する。いまは漢字で表記したので痛と疾と、別語のようだが、「いたし」という日本語において両者を区別することはできない。

通常は、何の疑問もなく風やしぐれの時は激しい意味で、心の場合はつらい意味だと決めてかかるが、無関係なことばがたまたま一致したわけではない。

むしろ逆に、これらは「いたし」という一語で風もしぐれも、心に苦痛を感じるほどにはげしい風やしぐれだったというのにすぎない。

つまり古代語の「いたし」は身に苦痛を感じさせる激しさのことだと理解すべきだろう。

さらに「いたし」の語幹が、甚だしい意味の「いと」と同じであることは容易に察しがつく。この「いと」「いた」の担う役割が身体的苦痛の表現だったことになるから、

君に恋ひ　痛も便《すべ》なみ　（巻四、五九三）

と笠郎女が歌った気持ちは、ただまったく方法がなかったことではなく、苦痛に堪えかねるほどの便なさだったのである。事実万葉集の本文も「痛」と記している。

そしてまた「いた（と）」は「いたぶる」という動詞や「いたぶらし」という形容詞を作った。

風を痛《いた》み　甚振《いた》る浪の　　　　　（巻十一、二七三六）
波の穂の　いたぶらしもよ　　　　　　　　　　（巻十四、三五五〇）

「いたぶる」浪、「いたぶらし」き波の穂は、ただ揺れるだけではない。揺られ揺られて苦痛に堪えがたき浪であり、苦痛に堪えがたい感情である。

こうしてみると「いたし」の説明も容易だろう。こちらに苦痛が感じられなければどんな大波でも「いと」は揺れていないのである。

古代日本語を通して、日本語の肉体性がよくわかるであろう。

ちなみに現代人はとんとそのことを忘れて「野菜をいためて」などと料理を説明してよいものか。「野菜に苦痛を与えよ」と料理法を教えているのに。

一事が万事、現代人は野暮になった。そのことも、ことばからよくわかる。

「挿櫛十七本」

一時、歌謡のおもしろさに、とりこになっていたことがある。十年あまり毎年授業で歌謡を扱って、神楽・催馬楽・風俗歌などを一回に一首じっくりとみんなで味わってきた。とくに風俗歌など、ほとんど注釈書がないからむずかしいが、いろいろと発見があって、わくわくするほどに楽しい。

その楽しみの最たるものは、歌謡の生命が笑いにあることだろう。哄笑もあれば、ほほえましい微笑もあるが、共通していることは、飾り気のない人情から湧きおこってくる笑いで、ほのぼのとした共感につつまれるのが常である。

挿櫛《さしぐし》
挿櫛は　十まり七つ　ありしかど　武生《たけく》の掾《ぞう》の　朝《あした》に取り　夜《よ》さり取り　取りしかば　挿櫛もなしや　さきむだちや

これは催馬楽の一首。作者のところから武生の掾が櫛を持っていってしまうというのだから、その男が通ってくる遊女、というのが見立てられた「作者」である。この遊女は飾り櫛を十七本も持っていたのに、男がとっていってしまうので一本もない、という。

当時、櫛は貴重品で、容器のことを「くしげ」といったほど大事にしまう、その代表のものがおしゃれ用の櫛だった。それを遊女風情が十七本も持っているはずはない。そこにはまず笑いがある。

実際は一本も持っていないのに、いいぐさがいい。あの掾のやつが全部持っていってしまったからだ、という。男が通ってくるとは自分がもてるのだといいたいのである。

しかし武生の国府（越前の国）の大守や介などというえらい人がくるというと、ウソがばれてしまう。掾という三等官あたりがほどよい。それでいて、三等官あたりだから、朝となく夜となく帰りぎわに持っていってしまうという品の悪いことも、するのであろう。

そしてさらに、最大の笑いは、さて掾が持っていったとて何の役に立つわけでもない。女の髪飾りの挿櫛なのだから、しいていえば、女の記念に持っていくといったところだろう。

それにしても、十七本もためこんだって、仕方ない……。

仲麻呂の「月」

中国で作られた歌

阿倍仲麻呂は六九八年に生まれ、七一七年、いまの大学生くらいの年で、遣唐留学生として中国に行きます。

たいへんな秀才でした。同じ時の留学生に、後に日本の政界で重きをなした吉備真備《きびのまきび》がいます。仲麻呂も日本に帰っていれば真備と同じように活躍できただろうと思います。

七三三年に派遣された遣唐使といっしょに真備は帰国しますが、仲麻呂は留まりました。晁衡《ちょうこう》や仲満という唐風の名前で玄宗皇帝の側近に仕え、さらに、豪放絢爛と評された李白、典雅静謐といわれた王維など当時の中国の大詩人たちとも、詩を通して幅広い交友関係をもって、多彩な活躍をします。

しかし、七五二年につぎの遣唐使が到着した時には、玄宗皇帝から帰国の許可を得ます。前回は中国で活躍しようと決意して帰国を見送りましたが、五十歳を過ぎて、余生を日本で送りたいと思ったのでしょう。

ところが帰れませんでした。船はベトナムの安南に漂着。長安に戻った仲麻呂は、再び唐の朝廷生活を続けて要職にもつき、七七〇年正月、中国で亡くなります。七十二歳でした。

天の原ふりさけ見れば春日なる　三笠の山にいでし月かも　（古今集、巻九）

仲麻呂のたいへん有名な歌で、天上の原、それを遠くふりあおいで見ると、春日の三笠の山に出た月だったな、というわかりやすい詩です。

歌の注には、明州という所の海岸で中国の人たちが餞別《うまのはなむけ》をしてくれた時、夜になって月がたいへんおもしろくさし出てきたのを見て詠んだと語り伝えられている、とあります。

さて、仲麻呂はなぜこのような歌を作ったのか。つまり、一つにはなぜ月を題材にしたのか、二つにはなぜ春日の三笠山に出た月と言ったのかということです。そこで、仲麻呂が滞唐経験の中で教養としてもっていたものについて少し考えてみたいと思います。

まず、張籍の「帰去来引」（楽府《がふ》詩集、巻六十八）という詩、

帰りなむいざ
帰期《きご》違ふべからず
相見む故き明月
浮雲我とともに帰る

です。漢代に収集された楽府の題の一つ「帰去来」をテーマとして後に作られたものです。

すばらしい詩だと思います。さあみなさん帰ろう、「帰期違ふべからず」、きちんと約束どお

りに帰ろう、というのですね。仲麻呂が一度帰国を断念し、次に帰国を決意した時は、すでに初老を過ぎていました。長々と居すぎましたね。日本に残された家族の困窮を示す史料もあります。明らかに帰期に違っていたのです。そこに浮かぶ風景は、「相見む故き名月」。皓々《こうこう》と明るく輝いていた故郷の月です。さらに、「浮雲我とともに帰る」。浮かんでいる雲も故郷に向かって流れているではないか。雲といっしょに帰ろうという詩です。

次は、張融の日本からの使者を送る詩（全斉詩、巻四）。

白雲山上に尽き
清風松下に歇《や》む
離人の悲しみを識らんとし
孤台に明月を見る

南北朝の斉の詩です。松風が清風を伝え、白雲は山の彼方まで続いている。その中で、「離人の悲しみを識らん」、人と人とが別れる悲しみを実感したいと、独り高殿に上って皓々と照る月を眺めるというのです。人と人との離別の悲しみを語りかけてくるのは月だと断言しているのです。

別れた人どうしを結ぶのは月です。この月をあの人も見ているだろう。わたしもそれを見ていると言うのですね。白雲も風も同じ意味をもっていたと思います。しかし、離別の悲しみは何に極まるかといえば、それは離ればなれになって月を見るという、これから予測される経験なのです。
また後のことですが、誤報でしたが仲麻呂の船が沈没したとの噂を聞いた李白は、「晁卿衡を哭す」という詩を作りました。

日本の晁卿帝都を辞し
征帆百里蓬壺を繞《めぐ》る
明月帰らず碧海に沈み
白雲秋色蒼梧に満つ

仲麻呂の船が沈んだなどと一言もいわず、明月が青々とした海に沈んだと言う。大詩人・李白の名を辱めない詩です。
このように、別れにあたって月を歌うことは、仲麻呂が滞唐経験の中で教養としてもっていたものだと思います。

月の詩心

こういう中で仲麻呂があの詩を詠むに至った経緯は十分に理解できます。中国的な文化コンテクスト。文化の文脈です。仲麻呂はその中にいます。その文化コンテクストが、「天の原ふりさけ見れば……」という歌を作らせる。これはもう当然のことだと思えますが、いかがでしょう。

他方、仲麻呂は中国における渡来人で、二つの風土をもった人ですから、もう一つ日本という文化コンテクストがあります。

遣唐使は、出発する時に必ず三笠山の南で神を祀《まつ》りました。仲麻呂の時も「遣唐使、神祇《かみ》を蓋《みかさ》山の南に祠る」（続日本紀、養老元年二月一日）とあります。

同月二十三日の出発でしたから、新月が満月を迎え、二十三夜の月を迎えるまで、それが仲麻呂が最後に見た故国の月の移り行きです。三笠山は奈良の都のシンボルです。その三笠山での神祀りを最後の正式行事として彼は旅立ちました。三笠山が忘れがたく、出発時の鮮烈なイメージを焼き付けた山であるとすれば、当然、「三笠の山に出でし月かも」ということになります。

しかし、三笠山の月というのは遣唐使が無事を祈っただけではありません。

春日山おして照らせるこの月は　妹が庭にも清《さや》けかりけり　（万葉集、巻七、一〇七四）

百磯城《ももしき》の大宮人の退り出て　あそぶ今夜の月の清けさ　（同、一〇七六）

水底の玉さへ清《さや》に見つべくも　照る月夜かも夜の更けゆけば　（同、一〇八二）

これらの歌にみられるような、水底の石まで清らかにした月光。そして大宮人を遊ばせる月。また月に照らされて妻や恋人のことを考える体験。こういうものを背景として「三笠の山に出でし月かも」と歌ったのだと思います。

その時に、月だけを思い出していたはずはないのです。月に照らされてそのつぎにどういうイメージを仲麻呂が展開したかということです。そこには故郷における愛があった。残してきた家族があった。あるいは大宮人の優雅な遊び。

そして皓々と照っていた清らかな月光。それらをトータルにして、それらに対する思慕を心から寄せながら、ああ、あの月はあの時の月だと思った。

これから帰るということは、そういう月光に照らされることだと思ったにちがいないのです。

宗祇の「花」

古来、さまざまな日本人が桜をたたえ、桜のふしぎな美をつかもうとしてきた結果、豪宕《ごうとう》な満開の美の饗宴と、一見うらはらな繚乱たる落花との二つに、日本人は桜の命の究極を見出した。そこで名歌秀句が生まれつづけた。

じつは桜は、最古の文献から非時《ときじく》（永遠）の花だという（日本書紀）。何物にもまさって落花をいそぐ桜が永遠の命をもつとは。——そこに桜への日本人の究極の省察がある。

桜花時は過ぎねど見る人の　恋の盛りと今し散るらむ　（万葉集、巻十、一八五五）

作者の名をとどめないこの一首は、桜の落花を、桜自身の命の絶頂の自覚と心得た。これ以上咲いていると衰えはじめて、見ている人の心は自分から離れていく。そう思うと桜は落花し始めたのだという一首である。

おもしろいことに、日本語の「恋《こい》」とは、苦しいまでの思慕を表現する。つまり「恋の盛り」とは苦しいまでの思慕の絶頂で、この絶頂こそ桜の美しさの絶頂である。そこで死ねばわが命は人間の心に永遠の思慕の対象として残る、というのが桜みずからの落花の決断だった。

そう考えると、満開の美と落花の美が一連のものとなる。美しきものの、死への転生による美の持続。それをみごとに訴えた名歌が万葉集の一首だった。この桜の花の命をみごとに詠んだのが連歌師・飯尾宗祇《いいおそうぎ》（「いいお」とよむ説もある。一四二一―一五〇二）であろう。宗祇は一人で百韻の連歌（『宗祇独吟何人百韻《どくぎんなにびと》』）を詠んだ。その発句がつぎの句である。

限りさへ似たる花なき桜哉《かな》

もちろん宗祇は万葉以来の伝統を知っていたはずだ。それを彼なりに言い換えた。桜は落花まで、比類なく美しき花だ、と。

万葉の歌人は落花を満開の持続と心得たのだから、宗祇は異議を申し立てているわけではない。そこで彼はもう一つ条件を加えて、次のような脇句をつけた。

静かに暮るる春風の庭

時に七十九歳の宗祇は静寂な夕暮れを、比類なき美の舞台として用意した。落花は天地がもつ寂寞相《じゃくまくそう》の荘厳だろうか。ことさらな仏の散華かもしれない。こうなると落花の庭は涅槃に似てくる。

桜をめぐる名歌秀句が多いということは、それほどに日本人の桜への心根の深さを意味する。美しいことば、深いことばとは、かならずや心根の美しさや深さと比例するものだからだ。

詩の聖域を作ることば

和歌と文語

短歌はいま国民詩といってよいだろう。だから六十年前におこった短詩形への「第二芸術論」は、必ずしも妥当ではなかった。

しかしこの論の誤りは、世界中どこの国でもある国民詩を基準としなかった誤りであって、日本の短歌や俳句が、何でもよかったわけではない。

いかに第二芸術論は正しくなかったとしても、詩は詩である。日常の生活語とは違う。

じつは第二芸術論の筆者にも、その辺りへの、痛烈な皮肉にこそ本音があったのかもしれない。

小林一茶は一万句を作ったといわれるし、俳聖・松尾芭蕉ですら九八三句がその作と認められている（雲英末雄、佐藤勝明訳注『芭蕉全句集』角川ソフィア文庫）。ましてや井原西鶴の大矢数俳諧などになると凡句も多かったろう。

それでいて一方、これは詩歌に限らないのだが現代のアーチストになると、自己満足をいくらも出ない作品があふれていて、目に余る。

同じく難解な作歌は藤原定家という十二世紀末の大天才もやった。定家の歌は歌境を深めるほどに難渋な歌となり、もう手も足も出ない、達磨のような歌になった。当然、多くの人からの支持は離れる。

そしてこの現象は歴史そのものの見せるところで、和歌史は高踏的になると平明調が求められ、しかしそれがいつかまた高踏的になって平明派が頭をもち上げるという、つまらない変化をくり返してきた。

それに気づいた人ももちろんたくさんいたが、すると彼らはお互いを非難して根本的な解決を求めようとはしなかった。

おそらくは文語の意義を問う当面の課題が、その点にあることもこの事実は示唆しているのだろう。

それではどのようなものが、国民共有の歌声でありながら、詩として認定されるのか。このあたりで、みなが本気で考えないと、日本の国民詩は誇りを失っていくのではないか。

石川啄木と俵万智の口語

平明化の一つとして、今までも口語歌が誕生した。石川啄木は、早いころのその一人だろう。たとえば、

はたらけど
はたらけど猶《なほ》わが生活《くらし》楽にならざり
ぢつと手を見る

(『一握の砂』)

といった歌がある。しかしこれをよく見ると口語的表現は末句だけである。上四句の基本の事柄の報告は、歌の素材としてはおどろくほど斬新なのに、古風な文語を使っている。「働いても　働いてもやはり　生活は　楽にならない」とはいわない。末句一句によっていっきょに一首の風格をきめてしまう点は、体操競技の着地さながらで、このみごとさによって一首は新しい詩となって歌壇に姿を現した。

のみならずこの文語の中には「ざり」ということばまである。否定の終止形として、ふつうは使わないことばで、啄木の造語というべきだろう。そのような無理こそすれ、「楽にならない」とはいわないのだから、平明化としては徹底を欠く。

ついで口語調で大センセーションをまき起こした『サラダ記念日』が出現する。書名となった有名な歌はつぎの一首である。

「この味がいいね」と君が言ったから七月六日はサラダ記念日　俵万智

この歌はみごとに現代の日常語を使っている。それなりの清新さはまぎれもない。

しかし一方、その口語的な部分が、「ね」「から」という助詞、「言った」という音便に限られている点を見逃すわけにはいかない。

つまり歌の骨格をなす主要な部分を口語は何ら侵蝕していない。せいぜい文語にするなら「うましと君が言ひしより」とおきかえることができるが、もちろん言いかえない方がはるかに歌として上等であろう。

そもそも和歌に文語が使われる理由は、広く詩一般が性格とする雅語が必要だからで、雅語にならない文語を使っても、何の役にも立たないのである。

俵の一首は、その点もよく心得ていて、サラダという清新な材料や「サラダ記念日」という飛躍をもつ造語がかもし出すポエジーを、ことば以外のところで、きちんと保有している。むしろこれと呼吸を合わせるように斬新な口語風表現を使うことは、ポエジーをいっそう高めこそすれ、いささかもそこないはしない。

サラダ記念日の成功の理由はそこにある。そのことは後続の俵の作品を見ても、知られるところである。ひき合いに出すと誤解されるが、俵に先立つ何人かの口語短歌の試みは、おおむねこの点で失敗している。

また、和歌を和歌らしくしているものに、諧調《リズム》がある。そのひとつが末句の七の三、四という区切りである。これを四、三としてみると一首は急に軽々しくなる。「ちつと／手を見る」「サラダ／記念日」という諧調を崩さないところにも、無意識ないしは秘匿された諧調の心得があるにちがいない。

ではなぜ、たとえば雅語が必要であり、三、四区切りが求められるのか。

それは単純に、和歌（ないし短歌）がすでに先入観をもって、規範を日本人の中に植えつけているからだろう。それはどう変更しようもないものらしい。変更不能なのは、和歌が日本人の心に伝えられる心の刻印だからである。

このバーコードをかえるわけにはいかないのである。

和歌の詩性

そこで多少比喩的になるが、比較文学者の川本皓嗣《かわもとこうじ》がおもしろいことを言っている。「自発的模倣」ということばだ。

日本人は中国の瀟湘八景に擬して、近江八景を作った。「これもやはり、本場の文化につながろうとする意識の表われです」と川本はいい、この行為を「自発的模倣」というべきものだとして、このような「積極的受容は、とくに詩について言えること」と考えるのである（『アメリカの詩を読む』岩波書店）。

ここで本場の文化とされる固有の姿は、和歌も同じく牢固として保ちつづけている。その中に雅語や特有の諧調がある。

じつは、この点において天才的だった歌人が斎藤茂吉で、茂吉の和歌は読者がただ朗詠するだけでも万葉集の和歌の匂いが得られる。彼はその上に「いまだ残れる虹の断片」や「逆白波」のイメージを織りこんでいった。

それほどに和歌は和歌として、文化の聖域をもっている。だから国民詩とよばれ、すべての日本人は和歌を詠むようになっても、和歌や俳句から詩である枠を外すわけにはいかない。いやだからこそ、みなが何やら簡単そうに見える和歌や俳句に魅せられるのであろう。

そこで和歌の上手、下手ということに触れておかないといけない。右のような詩性《ポエジー》を問題とすれば、上手とか下手とかという技術論が、矛盾しかねないからである。

たしかに万葉集から早ばやと防人歌に「拙劣《つたな》き歌は取り載せず」（巻二十）とあり、伊勢物語にも「ゐなか人のうたにては、あまれりや。たらずや」（田舎の人の歌としては、出来がいいのか、不十分なのか）という（八十七段）。

和歌がすでに学習されるべきものとなっていることは、恐ろしいことだとわたしは思う。感動は学習によって得られるものでもない。以上に述べてきた詩性は上手下手の問題より以前のものであろう。にもかかわらず八世紀の和歌から巧拙が云々され、ましてや都鄙とそれが結合しているほどに、和歌を技術の産物としたことが、和歌の正体をあいまいにしてしまったのである。

ここでは和歌らしいものとして雅語と諧調しかあげられなかったが、それらは感動にともなうものであって、いかに上手に和歌を作るかという関心とは、性格を異にする。

いわば詩とは、雅語や諧調などによって文化規範とされる、聖域の言語であって、ひたすらに明晰な情報言語とは、種類がことなる。だからこそ作歌には聖域をかいま見る歓びが存在するのである。

詩歌の色ことば

俳句は季節を詠むといわれ、和歌は自然と密接にかかわるとされる。そこで歌句の色はといえば、まず根幹は、つぎの古歌であろう。

春は萌え夏は緑に紅《くれなゐ》の　綵色《まだら》に見ゆる秋の山かも　（万葉集、巻十）

冬はもう山が眠ってしまうからだろうか、入っていない。また春も色として表現されていないが、萌えるものを萌黄色とよぶことがある。

そこで夏は緑（若々しい）色、秋はまだらな紅色だという。ふつう万葉時代の色としては青（淡い色）、赤（明るい色）、そして白、黒という明度しかないといわれる中にあって、この一首はきわめてめずらしい。

しかしここでいう緑もまた、若々しさの形容をいくらも脱していないようだし、秋もまだらな紅だというのだから、完全な赤ではない。有名な額田王の一首によると、まだらな紅とは悲喜こもごもの色彩感でさえある。

ところが、古代日本人は、この経験的色彩感の一方で、五行説による青春、朱夏、白秋、玄冬という知的な季節色を海外から受け取った。

いささかの混乱もまじえながら、というべきだろうか。たとえば漢字の青は若さを意味するから日本語の「みどり」に当たるが、一方で日本語の「みどり」には緑を当てていたから、青と緑が混同することになった。また紅は秋の色だと思っていたのに、朱をもって夏を示すことになった。

ただこの争いも、舶来の知識が伝統的な体感に勝つという、日本タイプで終焉したらしい。そしてこの五行図式は、発想が自由な和歌より、自然自然といいながら季語などの規範が存外とやかましい俳句の基本にも、流れつづけていると見受けられる。たとえば芭蕉の句に（出典はすべて角川文庫本全句集）、

あか〳〵と日は難面《つれなく》もあきの風　（おくのほそ道）

とあり、赤色の太陽は秋の風とは連《つれ》にはならないと考えている。秋の風は白いからである。朱夏と白秋が袂《たもと》を分かっていなければ、「つれなく」とはいえない。『おくのほそ道』のこのあたりで芭蕉が、

石山の石より白し秋の風

と詠んだり、別に、

秋風のふけども青し栗のいが　（こがらし）

という句を作ったりするところを見ると、存外に芭蕉には「白秋」などの知の働きが強いのかと思ってしまう。

もっとも、

しぐるゝや田の新株《あらかぶ》の黒むほど　（記念題《かたみのだい》）

の、しぐれる冬物の黒さは、目でとらえた感が強いが。

その点、やはり画家でもあった与謝蕪村の色彩にあふれた句は、芭蕉より、より自由で華やいでいる（出典はすべて『蕪村句集』）。

ゆく春やむらさきさむる筑羽《つくば》山
みじか夜や枕にちかき銀屏風
手燭《てしよく》して色失へる黄菊かな
茶の花や黄にも白にもおぼつかな

四季から一句ずつ拾ったが、こう見ても紫という特殊な色や銀色におよび、燭の火の中で黄から白にかわる色の変化、黄と白との区別にまで言い及んでいる態度に、強い色彩感がある。

俳句を画布にした蕪村の挑戦を、俳句史のために祝福すべきであろう。

もちろん、蕪村にとってじつは色を口にせずして色彩感の横溢した句を作る方が効果的だったことは、見逃せない。著名な、

菜の花や月は東に日は西に
閻王《えんわう》の口や牡丹を吐《はか》んとす

などはその最たるものであろう。とくに後者には、「波ノゴト舌本ヲ翻シテ紅蓮《ぐれん》ヲ吐ク」（もと漢文）と詞書《ことばがき》があり、牡丹とは紅蓮の炎を意味する。

菜の花、夕月、落日そして牡丹は読者が色彩を熟知しているのだから、むしろ本体を示すだけで、イメージは読者に委ねる方が、いっそう多彩になるだろうし、読者を遊ばせることにも成功する。

知識より体感に訴える点で、その方が詩歌の王道であろう。

色は色として存在しないのだから。

俳句に白が多いのもその故である。白とは素《そ》、そのものだから「さび」という「そのもの」を尊ぶ芭蕉以降の俳諧理念の色であった。芭蕉は白を好んだというより、「さび」の句を詠んだというのが正しい。色彩感が豊かだった蕪村の「牡丹散《ちり》て打《うち》かさなりぬ二三片」も白牡丹だったことは、大切な事柄であった。

親鸞のことば

親鸞と現代

その生涯から七百五十年の後にもなろうとするのに、親鸞（一一七三―一二六三）の名は忘れられていない。いや、いまいっそうその教えが必要とされているのかもしれない。

日本人は、これまで彼を「親鸞さん」とよんで慕ってきた。わたしはこのような親鸞人気（失礼ながら、このことばが人間像にふさわしい）の理由を言えといわれると、誰もが、何か言える、そんな親近感が連綿と親鸞の慕わしさをつくっているのだと思う。

わたし自身の著書の中にも親鸞小論を収録してあるので、時折り読み返す。

書架に向かうと親鸞関係の本も多く、中には五木寛之さんが送って下さった『TARIKI』もある――と、いった具合だ。

しかもこの長い親鸞の生命を貫くものは、何といっても「善人なをもて往生をとぐ、いはんや悪人をや」（『歎異抄』）という悪人正機説《あくにんしょうきせつ》である。この発言の大胆さ。ここまで言うには相当な熟慮と相克《そうこく》があったと思わせる重量感。そして透明な目、無辺際《むへんさい》の器量。これらがどれほど人の心を救ってきたかとふと考えると、億や兆ではあるまいと思って目まいを感じるほどだ。

わたしは、こむずかしい親鸞論は役に立たないと思っている。この人ほど持ち物を投げ出した人はいない。着物ばかりか内臓のおりまで、何もかも捨てられるとは、並なみのことではない。「人間、何をすればよいのですか」と問うても、ただ、称《とな》えよという。

「南無阿弥陀仏」

と。この教えが時代を超えることは、言うまでもない。

しかし、今の日本の何十年かが、稀にみるほど世も人も活力を失っていたことも、たしかだろう。それにともなって、余分な物を捨てて本物を探すこと、画一的な生き方より自分に合った量と質をもって豊かな生涯をすごすことが要求されるようになった。

だからといって力むことはない。ごく自然に、みなと力を合わせて生きていけばいい。往年の名書家・日比野五鳳《ごほう》は「共にさくよろこび」という絶筆を残して世を去った。

そのとき、親鸞に学ぶのが、もっとも賢い。平たくいえば、肩の力を抜けということだ。もちろんそれは懈怠《けたい》の勧めではないから、もっとも力がいることなのだが。

歎異抄と教行信証

親鸞というともっとも大事な著述は『教行信証《きょうぎょうしんしょう》』(顕浄土真実教行証文類)だろう。

だが、わたしははるかに短い『歎異抄』を味読するのも、けして悪くないと思っている。これは晩年の唯円《ゆいえん》による聞き書きだが、早い話、従来親鸞像をつくってきたのはこちらなのだ。

その上、読みやすい。民衆教化に心を砕いた親鸞自身は、むしろこだわりを妙な「自力」だと、嫌がるかもしれない。

さてそれにしても、主著『教行信証』を正面に据えてみよう。このタイトルは宗教の要諦よろしく、「教・行・信・証」とあるが、中心が信にあることはいうまでもない。

とくに親鸞の教えは弥陀の力を頼れ、いや、頼るという意識すらよくないというのだから、いかに信が大事だったかは、よくわかるだろう。

『教行信証』から一例を引いてみよう。

> 信は道の元とす……信には垢濁《くぢよく》の心なし……信はよく恵施《ゑせ》して心におしむことなし。信はよく歓喜して仏法に入る。信はよく智功徳《ちくどく》を増長す。信はよく必ず如来地《によらいぢ》に到る。信は諸根をして浄明《じやうみやう》利《り》ならしむ。信力堅固《しんりきけんご》なればよく壊《ゑ》することなし。信はよく永く煩悩の本《もと》を滅《めち》す。信はよく専《もは》ら仏の功徳に向かへしむ（下略）

紙幅を惜しんで止めるが、かくの如く信はまだまだ六回くり返される。

ではなぜ親鸞は「信じること」をこれほど力説するのか。これも『信巻』の一節だが、

> 悲しきかな愚禿《ぐとく》鸞、愛欲の広海に沈没し、名利の太山《たいせん》に迷惑して、定聚《ぢやうじゆ》の数に入ることを喜ばず、真証の証《さとり》に近づくことを快《たの》しまざることを、恥づべし傷《いた》むべしと。

という。ここにあげられた愛欲、名利などは人間にとってごく当然のことだが、人間の常道にからまれる汚穢《おえ》の者には何の力もない。たとえからまれまいと努力しても、しきれるものではない。こんなに無力な者だから、ひたすら弥陀を信じようというのである。

ただ、そういいながら親鸞は伝統を破って妻帯したではないか。人よりはるかに長寿をまっとうしたではないかと反問しても、親鸞は矛盾を感じない。

じつはそのことが右につづいて『信巻』で述べられる。人間は病気や死を避けられない。ただ名医や良薬があれば病気も治る。その名医や良薬に当たるものこそ「聞治《もんち》」だという。聞治とは法を聞き病を治すこと、すなわち弥陀の名号《みょうごう》を聞いて信心を得ることである。親鸞は愛欲や名利を肯定したのではない。その人間の悲しみの中から信を発することが大事だというのである。

信を宗教が説くのは当然だが、そのシーソーの対極に、愚禿の悲しみをおくところに、親鸞の思想があった。

日本人の中の親鸞

わたしは、この思想こそ大切だと考えている。

日本は今、親鸞が言うように、悲しみの中から信を発することが大事なのではないだろうか。わたしはかつて、日本の仏教も浄土真宗とよばれる宗派が登場することで、日本人はほっと一息ついたのではないかと、考えていた。

六世紀半ばに百済の聖明王から伝えられた仏教は、新しい王権安定の武器、国家鎮護の思想としての仏教だった面がつよい。そしてその伝統は朝廷と寺院側との美しき了解として数百年の歴史を経てきたが、これが一般民衆にとっては、必ずしも理解のやさしいものではなかった。早い話、苦悩する心の救済にどれほど役立ったかは、容易にわからない。

そこで法然も親鸞も山を降り、新しい仏教を人々に説いた。民衆は仏のありがたさに涙したことだろう。

だが、激しい弾圧に遭い、法然も親鸞も都を追われることとなり、親鸞自身は困難な開拓者の道を歩むことになった。だが、文化は変容を経て根づいていく。変形のない保持などはありえない。必ず社会の移りかわりによって補強され修正されつつ、ゆるぎなき根幹を継承しつづけるものである。それが宗教というものなのだ。

親鸞の死後、彼の思想は日本人の中に脈々と受け継がれてきた。多くの人が「自分は無宗教だ」と言いながらも、ふと「南無阿弥陀仏」と口にする。大激変期と大困難の時代を迎えた今、わたしたちは、ふたたび親鸞の教えに触れ、新しい生き方を模索すべきなのかもしれない。

「ことごとく軽き灰なり」

奈良県は生駒の有里という土地に、一寺をたずねたことがある。寺は竹林寺という。

ここには奈良時代を代表する僧の一人、行基（六六八―七四九）の墓があるからだ。墓前にたてられた標石は大きくてりっぱだが、墓標そのものはけっしてりっぱではない。むしろ自然な木立の中に、埋もれるように立っていた。あの波乱にとんだ生涯をとじて、ここに行基が眠っているのかと思うと、感にたえない思いが胸にみちた。

行基が生涯を閉じたのは天平二十一年（天平勝宝元年）二月二日の夜であった。火葬に付したのは八日だという。遺骨は銀の瓶におさめられ、これを四重の器に入れ、さらに二重の銅筒に入れた上で八角形の石櫃《いしびつ》にしまわれたという。この銅筒に墓誌が刻まれていて、行基の埋葬の折の模様が知られる。

それによると、火葬の火もおさまって残された骨に向かい、弟子たちが声を放って泣き、天を仰いで嘆き悲しんだという。しかし、現《うつ》し身はすでにない。ただ骨だけが残されているだけであった。すなわち、

攀号《はんごう》するも及ばず、瞻仰《せんごう》するも見ることなし。ただ砕け残れる舎利あるのみ、然れどもこ

とごとく軽き灰なり。

と。

　わたしにはこの最後の一行が鋭くひびいてくる。骨が残っているといっても、ただ軽い灰でしかないとは、この時行基が八十二歳という高齢だったことによるばかりではあるまい。世に、生涯の労苦によって火葬後の骨に相違があるという。激しい労苦の中で人生をすごした人の骨は、もうボロボロになってしまうのだと聞く。「ことごとく軽き灰なり」とは、あまりにも過重な労苦の中にすごした人生を、何よりも雄弁に語っているのである。

　行基は天平十七年（七四五）、七十八歳の時に大僧正に任ぜられているが、それとても時の聖武天皇や右大臣が熱心に推進していた東大寺の大仏建立に行基の力をかりようとしたためだという。のみならず、このことを行基はけっして喜んではいなかったらしい。すでにあげた墓誌の中に、

　　時に僧綱すでに備はりて、特にその上に居り。しかりといへども、もつて懐《おも》ふところにあらず

と記されるとおりである。

　行基はつねに民衆とともにあった。彼が行動するところ、おのずから民衆が集まり、民衆は行基の教えに従って仏法を広めていった。生活の困難にあえいでいた者たちは争って生活をす

てて、行基のもとに参集した。

これはもちろん政府にとっては好ましくない。行基を「小僧」ときめつけて非難したのは彼が五十歳の時であった。

しかし、行基集団はふくれつづける。天平二年（七三〇）、六十三歳の時には、その数千人、多い時には一万人にも達したという。

行基はこうした人々とともに灌漑用の池や溝を掘り、橋をかけ道路を修理し、旅行者の宿泊する布施屋を建てた。川を渡るための舟を購入することもあった。

世間の人々は行基を行基菩薩とよぶほどに慕い、行基のとどまったところは皆道場になったという。いわゆる行基四十九院が行基の建立した仏法の道場である。

こうして行基はつねに行動しつづけ、民間の布教者として塵埃の中に生きた。政府の弾圧に屈するところがなかった。人間的にもカリスマ的な魅力をじゅうぶん備えていたであろう。奈良時代にも高僧として尊敬される良弁や道慈のような僧もいるが、彼らとはまったく体質のことなる、民衆の指導者が行基であった。

例の墓誌は、

勤めて苦しみいよいよ厲《つく》して寿《とし》八十二

という。その結果の「軽き灰」を、わたしはしばしば竹林寺でしのんだことであった。

Ⅲ　うたことば十二か月

一月

※月別はごくおおまかな区分である

春にあけて先看《まずみ》る書《ふみ》も天地《あめつち》の　始《はじめ》の時と読《よみ》いづるかな

橘《たちばなの》曙覧《あけみ》（『春明艸《はるあけぐさ》』）

幕末の歌人・曙覧（一八一二―六八）は自分の祖先が古代の橘諸兄だとして、姓を橘と名乗ったほど、古代にあこがれた。歌風も古代ふうに大らかである。

この歌には「正月ついたちの日、古事記をとりて」という詞書があるように、元旦、まず古事記をとり出して、その冒頭のところ「天地の始の時に生《な》りませる神の御名《みな》は……」と読み出したというのである。

一年の初め、日本の最初の古典の、しかも天地創造のくだりを読むという絶妙な着想の中で、これほど元旦の朗かに初うぃしい気分をうたった歌も少ないのではないか。しかも音吐《おんと》朗々と読む。爽やかな気分である。

この歌を歌集の冒頭におき、初句をとって『春明艸』と歌集を名づけるほどに、この歌は曙覧が愛情をもった一首であった。

日の春をさすがに鶴の歩み哉《かな》

宝《たから》井《い》其《き》角《かく》（『五元集拾遺』）

芭蕉の門人の中でも、豪放な句風をもって知られるのが宝井（榎本ともいう）其角（一六六一―一七〇七）である。

とりわけこの句は華やいでいる。「日の春」は元日のこと、元日への祝福をこめていうことばである。その春の光を浴びて鶴が歩く。さすがに元旦だけあって、鶴の歩みもめでたく感じられる。鶴自身が長寿の動物としてめでたいことは、いうまでもない。

元旦のめでたさを、これほど格調高く詠んだ句は他にない。しかも「さすがに」という簡潔な表現にたくさんのことを語らせた手法も見事だ。そしてまた、どこにもめでたいなどということばを用いず、ひたすら具体的な描写だけでめでたさを出そうとしている点も、すばらしい。

しら梅の衣《きぬ》にかをると見しまでよ君とは云はじ春の夜の夢

茅野雅子《ちのまさこ》（『恋衣』）

茅野（旧姓増田）雅子（一八八〇―一九四六）は雑誌「明星」をいろどる才女として、与謝野（旧姓鳳）晶子、山川登美子と並び称せられ、歌集『恋衣』が、この三人の合作によって編まれた。

この歌は、春夜「君」の夢を見た、ところが「君の夢を見た」などとわたしはいわない、ただ白梅が衣に香を移しただけです、という内容である。才気を感じさせることば遣いと、艶《つや》やかな情感があふれていて、しかも気品がある。

春夜の夢だというところも会心の出来だったのではないか。はかなく、しかし恋心にふさわしい夜である。その夜に「君」を夢みるという、初ういしい少女心が感じられる。「君」は白梅の香のように匂ってきて、わが衣まで香らせるという、それほどの恋である。

ましろなる筆の命毛初硯《はつすずり》

富安風生《とみやすふうせい》（『愛日抄《あいじつ》』）

新春、最初のものとして何ごとにも「初」をつけていう。「初夢」「初荷」「初凪《なぎ》」などなど。「初茶の湯」「初茶杓」なども季語と認められている。初硯も同じで、新年になって最初に向かう硯のことである。

風生（一八八五―一九七九）はその時、今日初めて使う白い毛の筆の、しかも命毛に注目した。命毛とは筆の中央に長くのばした毛のことだが、もちろん命毛の中に、わが命を感じとっている。年改まって、あらためて思われるわが命。新春を迎えてあらたまった純白のわが命。先へ長くのびる、未来へと向かう命のような命毛である。

この命毛を使って書く字は、さながらにわが命の表れであろう。中国の筆には命毛がない。日本独特のものだと聞いたことがある。それとひとしく、この一句も日本的な繊細さとやさしさにあふれている。

御降《おさが》りや定まり灯る神の燭《しょく》

中西藻城《もじょう》（『花をへし』）

「御降り」とは正月に降る雨のことをいう。雨が天からもらうおさがりだと考えたのである。今日「おさがり」といえば兄や姉の古物のことだが、もとをただせば、これはすばらしいことばだった。

新春の雨はとかく嫌われるが、反面静かな年明けをもたらす。とくに細かい雨なら、いっそう情感が深まる。その雨の中で、神前の燭の火が、じっと炎を立てている。風がないばかりか人の気配もなく、ひたすら森厳な神域の空気がはりつめているのであろう。

これも雨のせいだが、逆にそのことによって雨は「御降り」の実感をます。いま神からの賜わり物が行われつつあることを暗示するかのように、神前の燭は微動だにせず神の存在を示しつづける。「定まり灯る」を命とする句である。藻城（一八九七―一九七三）は神職の家に生まれた。

二月

石《いは》ばしる垂水《たるみ》の上のさ蕨《わらび》の　萌え出づる春になりにけるかも

志貴皇子《しきのみこ》（『万葉集』）

わが国八世紀の和歌を中心として作られた万葉集の名歌である。志貴皇子（?―七一六）は天智天皇の皇子、清らかな和歌の作者をもって知られる。

歌の前に「懽《よろこ》びの御歌」という詞書《ことばがき》があるから、おめでたい宴会の席でうたわれたものであろう。まずは新春のよろこびの宴会で立春を祝福した一首らしい。立春は陽暦二月の四日である。

水がはげしく流れる急流、そのほとりにワラビ（現在のゼンマイ）が新芽をくるくると巻いて萌え出している。そんな春になったよろこびが、いま天地にあふれる。

古代人はワラビの渦巻き状に、永遠の命を感じ、「さ蕨」といって貴んだ。春は永遠の命を芽生えさせたのである。

節分や灰をならしてしづごころ

久保田万太郎（『流寓抄』）

節分は冬から春へ季節が変わる節目だから、悪魔が入りこんできてあぶない。そこで豆をまいたりして退散させる。一方では、芸者たちが、悪魔もどきにお化けのまねをして遊ぶ習慣が、関西の花街にはある。

そんな中で、万太郎（一八八九—一九六三）はしずかに家の中にとじこもり、火鉢の灰を平らにしながら夜をすごすという。お化けと遊ぶこともしない。むしろ節目の夜に、賑やかな過去の毎日をしずかに思いやり、しみじみと年月の移りゆきをかみしめている作者が浮かんでくる。

言外の情多い一句である。

立春の雪白無垢《むく》の藁家《わらや》かな

川端茅舎《かわばたぼうしゃ》（『華厳《けごん》』）

「早春賦」という美しい歌の中に「春は名のみの　風の寒さや」という一節がある。二月、立春をすぎ春になったとはいえ、まだまだ風は冷たく、山深い農村ともなれば、雪も深ぶかと積もっていることであろう。

いや、かえって春のどか雪が降ったりする。この句もそうした一こまを詠んだものだ。茅舎（一八九七—一九四一）は、画家の川端龍子《りゅうし》と義理の兄弟（茅舎の母が龍子の父と再婚）であり、それなりに画もまなび、句にもデッサンの確かさがある。白無垢を藁家がかぶったように、雪を載せているという表現も、一幅の画のようではないか。

雪が重いのはまだ冬である。しかし白無垢姿は花嫁も連想させる、めでたさもある。何となく一句にユーモアが漂っているのも、春を迎えたよろこびの反映であろう。

水草《みくさ》生ふひとにわかれて江に来れば

日野草城《ひのそうじょう》（『昨日の花』）

春、水ぬるむ中でいちはやく水中や水辺の草が生えはじめる。小さな光景だが、春のおとずれを確実に、人知れず示すものに、人びとはおどろき、美しい季節の到来に気づく。感動をさそうからだろうか、「水草生ふ」の句は抒情的、詠嘆的なものが多い。この句もそうだ。現実的な穿鑿は別として「ひとにわかれ」たという情感がたっぷりと、つややかにさえ湛《たた》えられていて、物語的である。

草城（一九〇一―五六）はその別れのあとで春の告知に出会う。小さな生き物が、たしかに生命をのばそうとしている姿に作者は啓示をうける。

かわ〱と松に鴉《からす》や西行忌　阿《あ》波《わ》野《の》青《せい》畝《ほ》（『かつらぎ』）

西行忌にはおもしろい句が多い。奥行きが深いこの歌人が、妙に忌日句をさそうのだろう。「西行忌我に出家の意《こころ》なし　松本たかし」（『たかし句集』）など、たのまれもしないのに誘惑を拒否して出るのだからおかしい。

それに対して青畝（一八九九―一九九二）の句は西行の世界に入りこんでいって、体験をともにしようとする。松に鶴という和歌の構図を破ったところに、西行と俳諧の一致点を見出したのは、さすがである。

「たにしとるからすが俳諧だ」と芭蕉はいった。それでいて、ある旅の一日、乾いた声の鴉を見上げている西行が目に見える。

葉牡丹の火《ほ》むら冷めたる二月かな　松本たかし（『たかし句集』）

った。松本たかし（一九〇六—五六）は生涯病気に悩まされた俳人だった。そう長くも生きられなかった。

わたしはたかしに一度会ったことがあるが、痩身で、しかし、しゃんとした姿勢のよい人であった。

たかしの句に接すると、わたしはいつもこの時の印象を思い出す。句の姿にも、そのようにすっとした端整さがある。

この句もそうだ。正月、日本人は葉牡丹を床の間の飾りとする。瑞々《みずみず》しいもののない正月に、それはいかにも活発に葉をひろげ、まるで炎となって燃えたつごとくである。そのゆえにめでたい。

二月、気づくとその火むらは勢いが衰えて、冷めている。正月の華やぎの「その後」を二月に見つけ出したたかしの目の確かさに、わたしは驚く。

三月

漢人《からびと》もいかだ浮かべて遊ぶとふ　今日そわが背子《せこ》花縵《はなかづら》せよ

大伴家持（『万葉集』）

三月三日はいわゆるお雛さまのお祭りである。今は雛人形をかざり、ぼんぼりをともして白酒を飲む、楽しい女の子の祭りになっているが、昔の中国では、この歌のように池にいかだを浮かべて遊んだらしい。万葉時代の日本にも、その習慣が入ってきて、同じように風流を楽しんださまがわかる。大伴家持（七一八―七八五）は、万葉末期の大歌人である。

中国の人と同じように、いかだで遊び、髪に花を巻きつけて楽しめ、という。当時は梅の花を輪にして髪に巻いたものか、ほかの歌にも梅の蘰が見える。蘰は花の命を体にしみこませるためのものだ。梅の香りの中に春の匂いを嗅ぎながら、水上を渡ってくる風に快く身をさらしている姿がしのばれるではないか。

薄く濃き野べのみどりの若草に　あとまで見ゆる雪のむらぎえ

宮内卿《くないきょう》（『新古今集』）

宮内卿は新古今集の編集をみずから指導した後鳥羽院に仕えた女官である。だから後鳥羽院の宮内卿ともよばれる。一二〇四～〇六年のころに没したらしい。

いま、野べには若草がわずかに萌え出している。ところが萌え方に、薄いところと濃いところがある。なぜか。遅くまで雪が残っていたところは萌え出すのが遅れたから緑が薄く、反対に早く雪が融けたところは濃い、というのである。

いかにも繊細な観察におどろくと同時に、過去の残雪のさまをそのままいまの若草が抱えているという、季節の移りかわりの微妙な関係に目を見張らせられる。この歌を作った時宮内卿はまだ十八、九歳だったらしい。二十歳ほどで、才あふれる生涯をとじた。

庭羊歯《にはしだ》の春黄ばむ葉にしづかなる雨ぞ久しき明るき空より

小暮政次《こぐれまさじ》（『新しき丘』）

写生を目標とする結社「アララギ」の代表歌人の一人であった作者（一九〇八―二〇〇一）は、克明に庭の小さな風景を一首に歌いこむ。

羊歯類は春先に旺盛な新芽を出す。庭に生える羊歯も、いま葉の色を黄色く変えている。ここにも季節の深まりがある。

その上に静かな春雨が降りつづける。日本は三月にも長雨があって菜種梅雨《なたねづゆ》などという。細かい、霧のような雨である。

そして空は重く暗くはない。もう低い冬の空ではない。それをじっと見つめている作者の心にも、春を迎え、春が深まってゆく穏やかな情感がみちているのであろう。小景に凝縮された自然の命が感じられる一首である。

春暁《しゅんぎょう》の波の忘れ藻連れ去る藻

篠田悌二郎《ていじろう》（『馬酔木』）

十一世紀の名エッセイ、清少納言の枕草子は美しい春の曙の描写から始まる。「春は何といっても曙の景色がよい」といって。

たしかに季節に時間を当てはめてみると、春は曙、夏は夜、秋は夕暮れ、冬は早朝という彼女の言い分に、うなずいてしまう。俳句の世界でも、春の曙あるいは暁の美しさを、たくさんの俳人たちがよんできた。

篠田悌二郎（一八九九―一九八六）のこの句もその一つ。とくに波打ち際の藻の状態に注目したところがすばらしい。波のままに命をまかせて、沖から海岸に打ち上げられたままになる海藻、反対に波とともに海中に去ってゆく海藻。そのゆったりとした動作が、ほのぼのと開けてゆこうとする春の暁の、ほの暗くて清らかな天地のたたずまいと、よく調和している。

雪解《ゆきどけ》の大きな月がみちのくに

矢島渚男《なぎさお》（『天衣』）

日本列島は北から南へ、ずいぶん長い。それなりに春の到来は、各地でちがう。みちのくには春がどっと押し寄せる。梅も桃も桜も、いっしょに咲く。北国に春はあわただしい。

外村繁《とのむらしげる》の「澪標《みおつくし》」という小説には山形県の春の描写があって、どうかすると桜の満開の上に雪が降る、それを満月が照らすという。

詩人の宮澤賢治も、いっせいに訪れるみちのくの春を歌う。

矢島（一九三五―）はそうしたみちのくの春を、「雪解の大きな月」ということばで表現した。何も雪解けだから月が大きいのではない。ついに根雪も解けてゆく春の足音の中に、月もまどかに大きいのである。冷たくて鋭い月ではない。うららかに、夢みるように、大きい大きい春の月である。

四月

桜花散りぬる風のなごりには　水なき空に波ぞ立ちける

紀貫之（『古今集』）

古今集の代表歌人、紀貫之（八七二?—九四五）は桜の花にたくさんの名歌を残したが、これもその中の一首である。もちろん古今集を代表する一首といってよい。

いま、桜はすでに花びらを落としてしまっている。その梢ごしに空をみると、眼の裏にやきついた桜の残像は、空に向かって放たれ、風にさそわれて乱舞して空にあふれ、水もない空に、まるで波のようにおし寄せる、という。

もちろん幻影である。幻影をこんなに豪華に詠んだ歌は、そう多くはない。しかし桜のあの華麗な落花は、十分にこの幻影を納得させてしまうではないか。貫之という歌人は、よく幻影や虚像を詠んだ、想像力の豊かな才人であった。

ただ、華麗な夢をみる人は、意外に現実が寂しかったかもしれないとわたしは思う。

見わたせば天の香具山《かぐ》うねび山　あらそひたてる春霞《はるがすみ》かな

賀茂真淵《かものまぶち》（『賀茂翁家集』）

大和には有名な三山、香具山・畝傍《うねび》山・耳成《みみなし》山がある。程よい距離をおいて並ぶ三山には昔から伝説があって、香具山という女性を恋して畝傍・耳成ふたりの男性が争ったという。伝説は万葉集に見える。

江戸時代の学者・賀茂真淵（一六九七―一七六九）は万葉集を研究したから、大和を旅した時も、古典を思い出してこんな歌をよんだ。むかし妻あらそいをしたとおり、今もきそって春霞をたてているとおもしろがったのである。

ただ、真淵は、香具山と畝傍山が争ったというから、女山の耳成を二人で争ったという説に立っている。ややこしい論議はさておいて、もうろうとした大和の春が多少ユーモラスに伝わってくる、この歌の趣を愛でたい。真淵自身、得意だった歌である。

長閑《のどけ》しや麦の原なるたぐり舟

加舎白雄《かやしらお》（『白雄句集』）

加舎白雄（一七三八―九一）の句には、静かな気品がある。この句も、まずはその趣がよい。「たぐり舟」とは魚をとるために仕掛けた網をたぐり上げる小さな舟のことで、それを「麦の原なるたぐり舟」というと、春の一日、海から引き上げられたたぐり舟が、一面の麦畑の向こうに忘れられたように、置かれている風景が想像される。

上空にひばりでも鳴いていそうな麦の原、ぽつんとある小舟。人かげはどこにもない。まるで時間が止まってしまったような風景を「長閑し」と表現した一句は、一幅の画にも似通う雅趣をたたえている。

たんぽぽや折々さます蝶の夢

千代女（『千代尼句集』）

「朝顔につるべ取られて貰ひ水」など名句をいくつも残した加賀の千代女（一七〇三―七五）の句である。

千代女の句はいつもやさしい。春、たんぽぽが群をなして咲く。ほとんどが黄色である。その上に蝶が羽をやすめる。しかし、風がたんぽぽを揺すると、それに驚いて蝶は夢からさめる。もちろん春のそよ風である。柔らかだから蝶をひどくおどしたりはしない。「折々」というからには、蝶はふたたび睡りに入るのであろう。

荘子に「胡蝶の夢」というものがみえる。人間が蝶に化身して夢をみるのである。千代女のこの句でも読者はすぐそれを連想して、荘子のロマン豊かな世界を付け加えて味わうこととなる。私は北欧で、たんぽぽのことを「太陽のかけら」だと言うのを聞いたことがある。長く心に残った。

春深き月光触るる椅子にあり

中島斌雄《たけお》（『光炎』）

わたしは椅子というものに、いつも心が魅かれる。椅子は常に人を待っているではないか。椅子があるだけでは、椅子の存在は完了しない。その存在が塞《ふさ》がれ、陰に廻った時にはじめて存在として完全になる。

何か寂しく、いつも人待ち気なのが椅子だ。

中島（一九〇八―八八）は、その椅子に晩春の月光が射しているという。いや月光は触れるほどだから、庭の椅子に豊かにあふれているのではない。わずかに光芒がとどいているのであろう。

折しも春は闌《た》けているという。だからこの月光は初々しかったり、おずおずとしたものではない。重い情感すら湛えていて、じっくりと動かない月光であろう。

さてその椅子に自分は腰かけている。おそらく長い瞑想に身をゆだねて。抒情的でありながら思索的なこの俳人の、絶頂を示す作品であろう。

ただ一度生れ来しなり「さくらさくら」歌ふベラフォンテも我も悲しき

島田修二（『花火の星』）

島田修二（一九二八―二〇〇四）は海軍兵学校に身をおく時に終戦を迎え、以後の歌人としての生涯に、日本とは何か、人間とは何かという主題を追求しつづけることとなる。

「さくらさくら」は深く日本人の心情に染みこんだ、春の日本を代弁するような歌だ（じつは中国唐代の旋律なのだが）。それを聴くとわたしたちの心は揺らぐ。

この「さくらさくら」をアメリカの黒人歌手、ハリー・ベラフォンテが歌った。黒人霊歌を聴く時の身体的な衝撃は、わたしだけではあるまい。霊歌のように歌われた「さくらさくら」が、いわば霊歌のように島田を襲い、彼の命を震撼《しんかん》させたのである。人間がたった一度きりの人生を、それぞれに切なく生きているのだと。

五月

五月《さつき》待つ花橘《はなたちばな》の香《か》をかげば　昔の人の袖《そで》の香ぞする

よみ人知らず（『古今集』）

古今集が載せる古い歌である。ほぼ九世紀ごろの歌だろうか。作者はわからない。いや、だれが作ったかなどを穿鑿《せんさく》する前に、たくさんの人が、まず歌のよさに感動して、作者など、だれでもかまわなくなってしまったのである。

本当にいい歌は、そういうものだ。

「五月待つ」というところに、タチバナの開花を待ちわびる気持ちがある。待ちこがれてやっと咲いた花、その匂いをかぐと、別れた恋人の袖の匂いがするというのだ。昔の人は袖に匂いをしみこませていた。今でいうと「ああ、あの人の香水と同じだ」ということになろう。

匂いが作者を甘美な恋の追憶へと連れてゆく。別れた恋人へと作者を橋渡しする花、それを待ちわびない人はいない。

物思《も》へば沢のほたるもわが身より　あくがれ出づるたまかとぞ見る

和泉式部《いずみしきぶ》（『後拾遺集《ごしゅういしゅう》』）

作者・和泉式部は奔放な恋をもって知られた十・十一世紀（九七六?―一〇三六?）の歌人である。恋のいきさつを描いた和泉式部日記という著作もある。

しかし式部の歌の世界は、恋を通して人間の心の奥深い苦しみや絶望を見せるところにみごとさがある。

この歌もホタルをじっと見つめていると、自分の体から飛び出してきた魂のように思える、という。心に重く沈む恋の苦しさ、人間であることの悲しみがあるからだ。恋人が去っていった後、山深くホタルが飛ぶのを見た時の歌だと詞書《ことばがき》がある。

ホタルは乱舞が美しく、初夏の風物詩のように思える時もあるが、和泉式部はもっともっと深いところで、この冷たい光を放つ小動物と対話していたのである。

園《その》くらき夜を静《しづか》なる牡丹《ぼたん》かな

加舎白雄（『白雄句集』）

加舎白雄は自然に即した句をよしとした。いかにも白雄らしい句の一つがこれである。

牡丹の花の豪華さは、くらべ物がない。その花を見ると、わたしはいつも重さと大きさに枝がたわんでしまうのではないかと思い、もったいないほどの絢爛《けんらん》さだと感じる。

この華麗さをもって、いま牡丹は静かに咲いている。とくに夜の牡丹の静かな美しさを発見した句として、この一句は卓抜である。

同じ江戸時代を代表する俳人に与謝蕪村がおり、その有名な「牡丹散りてうちかさなりぬ二三片」という句もあるが、蕪村が細かく二、三片の花びらを詠んだのに対して、白雄の句は全体をとらえた大きさがある。静寂な中の緊張感まで感じられるではないか。

ざぶざぶと白壁洗ふわか葉かな

小林一茶（『七番日記』）

小林一茶（一七六三—一八二七）は長野県の野尻湖近くで生まれたから、山をへだてた新潟の良寛と並べられ、ともに子ども心を歌った文学者のようにいわれる。

しかし一茶の俳句は骨太である。したたかな俳句だともいえる。なにしろ雪深い北信濃の農家に生まれ、早くに母をなくして継母《ままはは》から虐待される。江戸に出奔し辛酸をなめて帰郷、やっと郷里に落ち着くが、三度も妻と別れる。子どもも無事に育ったのは死後に生まれた子、たった一人である。

そんな一茶だからこの句も「ざぶざぶと」というたくましい表現をする。白壁に映る若葉の揺れる影を、そうとらえるのだ。いかにも初夏の太陽の輝きと、旺盛な草木の生命力とが、ひびきまでともなうように生きいきと表現されている。白と緑の配色が目にしみるようだ。

青葉かげ深きところに沈黙の石ひとつ置けよ憩ひあるべく

安田章生《あやお》（『旅人の耳』）

安田章生（一九一七―七九）は歌人として天性の資質をもっていたが、年少のころから父・安田青風に歌の手ほどきをうけ、一方東京大学国文学科に学んで長く大学教授の職にあったから、柔軟な感性の上に静かな知性を思わせる思索の趣が加わって、鋭く、すぐれた名歌を多く残した。

この歌でも初夏の青葉が作る、涼しくて透明な、何物にも妨げられない清浄な空間をじっと見つめている。多くの青葉の詩歌が、躍動するような姿を歌うのとは正反対で、稀有な作品である。安田は、この凝視ののちに、沈黙の石を幻想の中に求める。石という無言の重みをもったものが青葉の緑蔭にふさわしい。騒々しい世俗の中で、そこにしか心の安らぎはない。祈りのような一首である。

六月

ほととぎす自由自在にきく里は　酒屋へ三里豆腐屋へ二里

頭　光《つむりのひかる》（『万代狂歌集』）

頭光（一七五四―九六）という妙な名前の作者は、本名岸識之。狂歌師である。江戸時代後期の天明時代は精神が活発な時代で、文化の花がひらいた。狂歌という、皮肉やユーモアを身上とする和歌の形の文芸も、その中で大いに流行した。

この狂歌は、昔から和歌で、ホトトギス、ホトトギスとみながあこがれてきたことを皮肉ったもので、そんなに聞きたいホトトギスがじゅうぶん聞けるところとは、酒屋や豆腐屋に二里も三里も歩いていかなければならない山の中だといった。

風流を気取ることに反抗してみせた趣向が真実を衝《つ》いていたものだから、当時大当たりをとり、人びとに愛誦された。ホトトギスを優美なものとしてほめるのもよいが、本音のところでホトトギスを聞くのも、またよい。

おもしろうてやがて悲しき鵜舟《うぶね》かな

松尾芭蕉（『曠野《あらの》』）

こんにちになお、俳聖といわれる芭蕉（一六四四―九四）の、しかもよく人に知られた句である。

鵜を使って鮎をとる鵜飼は、鵜が、それこそ鵜呑みにする特性を利用して鮎を呑み込ませ、あとで吐き出させる漁法である。中国人の発明したものが、古代の日本にも入ってきた。

これは見方をかえれば、何と残酷なことか。しかも鵜匠がいでたちも凜々《りり》しく、綱さばきも見事に見物人の前で演じるとなると、鵜の悲しさが極立つ。

人びとは夏の風物詩として鵜飼を見物するが、さてそれが終わったあとには、鵜のあわれさが残る。芭蕉は物事の「おもしろさ」がもつ「かなしさ」が見える人間だった。そこに俳人としての大きさもあった。

さみだれや淀の小橋は水行灯《みずあんどん》

井原西鶴（自画讃）

さみだれは五月雨と書くが、これは陰暦五月のころに長雨が降るからで、陽暦では六月になる。いわゆる梅雨《つゆ》のことだ。

この長雨が毎日つづくと、とかく人間の心が乱れる。そのことを「さ・乱れ」といったらしい。雨を人間の心から表現した、おもしろいことばである。

西鶴（一六四二―九三）は小説作者としても有名だが、前半生は俳人としてならした。この句も大坂（当時）に住んだ西鶴ならではの名吟である。

淀川一帯もさみだれに降りこめられ、夜景が雨夜の中に沈んでいる。その中で小橋あたりにぼおっと行灯のように明かりがともっている。「水行灯」という表現も絶品である。

夜景は音もない。人も見かけない。一途に雨が降りこめる中の灯りは、妙に艶やかに感じられるではないか。

しろがねの梅雨の夕べとなりにけり

大峯あきら（『短夜』）

梅雨を白銀と表現した詩に、どんな前例があるのだろう。少なくとも「銀雨」「白銀雨」などということばを辞典で見出すのは、むずかしい。やはり作者、大峯あきら（一九二九―）の独創としてよいだろう。

この句を俳句の作法からみれば、抒情過多だと非難されるかもしれないが、そんな瑣末よりも根源の白銀のポエジーによって、一句を名句とするに足るであろう。

じつは歌人・恩田英明の集に『白銀乞食《しろがねかたゐ》』があり、この書名は所収の一首「山深く桜咲きをりその下を　信濃へゆくと乞食通りき」にもとづいて宮柊二が名づけた経緯が「あとがき」にみえる。すなわち白銀とは宮の着想による桜の比喩であった。

いま、わたしは句と歌の白銀色を雨と桜との上に思い浮かべながら、至福のポエジーに身を漂わせている。桜は信濃越えの山中、雨はみ吉野の山中。ただ桜には虚空が合うだろうか。いずれにせよ虚飾のない、身ひとつの自然への親和があわれ深い。

死火山の膚《はだ》つめたくて草いちご

飯田蛇笏《だこつ》（『霊芝』）

草いちごは今日よく食べる苺《いちご》とはちがって、山野に自生する木の実である。ほかに木いちごとよばれるものもあり、いわゆる苺ほど大きくりっぱではないが、口にすると野趣がある実である。四、五月ごろ実がなる。

この句は古来蛇笏（一八八五—一九六二）の名句とされてきた。その理由は「死火山」というとらえ方と、ことばのもつ硬いひびき、そして火山に対する触覚を問題として、それを「膚」といったところ、それに対して小さくなつかしい草いちごを対応させたところにあるだろう。

幼少のころへのノスタルジーをさそう草いちごは、こうした死火山の膚のつめたさによって反撃され、甘美な夢は冷却される。しかしそれでいてなお草いちごのノスタルジーは消し去られているのでもない。そんな対応の中に漂う心が読者を物思いに誘いこむのである。


胸にひらく海の花火を見てかえりひとりの鍵を音立てて挿す

寺山修司（『血と麦』）

寺山修司（一九三五—八三）は彗星のように文壇に登場し、短歌、俳句、戯曲に天才的な才能を発揮した。

その生涯は花火に似ている。

だから花火に、寺山は特別の思いを抱いたのではなかろうか。直覚的にひびき合うものがあっただろう。

彼は花火を目で見たはずだのに、その花火は胸の中でひらいたという。心の奥底の、ほのぐらい情感の中に、妖しく華麗に花火がひらくのを、彼は見つめる。寂しい華やぎである。

そして一人住むアパートに帰り、鍵を挿して孤独の世界にこもる。鍵は音を立てる。あの花火の音の余韻のように。だから音も胸の中で鳴っていたにちがいない。

病める子の癒ゆとも見えず更衣《ころもがえ》

長谷川零余子《はせがわれいよし》（長谷川かな女編『零余子句集』）

人それぞれに衣服が個性化し、季節の区別も少なくなった昨今では、昔ほど更衣の季節感はないが、それでも夏は夏らしく軽くて薄い衣服がいい。季節をまとって歩くことがうれしい。ところがこの句は病床の子に夏衣を着せてやる句である。夏衣といっても、寝巻きのたぐいである。それでも、もう厚い寝巻きを脱ぎすてることに、何とか明るさを見つけようとする親。夏衣になれば、いっそう体の衰えもわかるのに。

その気持ちがよくわかって、弱々しい微笑をかえす病床の子。これほどに更衣を内面深くとらえた句は、まれであろう。長谷川零余子、一八八六―一九二八年。

七月

くれなゐのちしほのまふり山のはに　日の入るときの空にぞありける

源《みなもとの》　実朝《さねとも》（『金槐集《きんかいしゅう》』）

七月の歌と決まっているわけではないが、真っ赤に燃えながら山の向こうに入っていく落日は、強烈な夏の太陽がふさわしい。

紅《くれない》色に染める時には布を何度も染料のかめに入れるほど、色が濃くなる。「くれなゐのちしほ」といえば、千回かめに入れたことになる。

「まふり」というのも、りっぱに、布をふり上げふり上げして染めたことを意味する。

落日をこのような比喩でとらえた和歌は古典の中には例がない。実朝（一一九二―一二一九）は万葉集を手本として力強い歌を作ったが、その中でもとりわけこの歌は迫力がある。

しかも、入日より空を主として歌っているから、情景は広い。真っ赤な空の一面の広がりは、神々《こうごう》しく荘厳だったであろう。

蟬の音《ね》をこぼす梢のあらしかな

各務支考《かがみしこう》（『梟《ふくろう》日記』）

蟬しぐれという季語がある。しぐれのように降ってくる蟬の声をいったもので、比喩のとり方がおもしろい。

しかしこの支考（一六六九―一七三一）の句も、「蟬しぐれ」などと出来上がってしまった表現をしないだけ、工夫が見えてあじわいがある。

蟬の声が降るようにひびいてくるのは、蟬がとまっている木の梢をわたるあらしが、こぼすのだという。蟬は「あらしこぼし」である。

このあらしが松に吹く風だと、いっそうおもしろい。松に吹く風は独特のものとして松風とか松籟《しょうらい》とかとよばれ、古くから文人たちに愛されてきた。この松風のこぼれが蟬の声だという受け取り方もできる。そこまでいかなくても、あらしは蟬の声こもごもに降ってくることになる。いずれにせよ松風と蟬の声とを一体化したところに一句の眼目があろう。

向日葵《ひまはり》は金の油を身にあびてゆらりと高し日のちひささよ

前田夕暮（『生くる日に』）

前田夕暮（一八八三—一九五一）は口語短歌を試みたり、新しい目標に向かって何度も作風をかえたりした意欲的な歌人だった。

この一首にも力と意図が見える。ヒマワリといえば、だれもがすぐゴッホを思い出すだろう。この歌は、ゴッホを向こうに廻して、こってりと油絵具で描いたような一首で、明らかにゴッホを意識している。それなりにゴッホふうな油絵を和歌でよむとどうなるかを教えてくれる、よい材料となるだろう。「ゆらりと高し」に和歌が見える。

反面、太陽が小さいといってヒマワリを大きく前面にせり上がらせたあたりは、絵具をたっぷりと使って刻明に描写した、油絵の手法を思わせるところであろう。

最上川の上空にして残れるはいまだうつくしき虹の断片

斎藤茂吉（『白き山』）

やはり、近・現代最大の歌人は斎藤茂吉（一八八二―一九五三）であろうか。そのスケールの大きさは、何人《なんぴと》をも圧倒してしまう。

しかし茂吉ほどふしぎな歌人もいない。何がどのようによいかを言うのがむずかしい。それでいて、すばらしい歌だという感動は動かしがたい。

この歌も単純で、最上川の上空に消えかけながら一片の虹が美しく残っていたというだけである。

そうでありながら一首が感動的なのは、最上川という激流をもつ大河と、余韻のように静寂に留まっている虹の断片との、宇宙の仕組みそのままのような構図が作られているからであろう。

この一首が暗示性や象徴性をもつのも、宇宙の構図にもとづくからではないか。

児とかがむ児を薔薇《ばら》の香にひたさんと　　中島斌雄（「麦」）

わたしは大学生のころ学生仲間の俳句会を作って、たくさんの先達《せんだち》に来てもらって勉強した。学生の特権といってよいか、思い上がりというべきか、電車代さえ出さない始末だのに、みんな喜んで来てくれた。中村草田男、加藤楸邨《しゅうそん》その他その他。

中島斌雄もその一人である。だからこの句からも、その穏やかで人間味あふれる人柄がよみがえってくる。

薔薇は俳句では夏の季語である。一面の薔薇の園がふさわしい。その中にかがめば、まるで薔薇の湯につかるように、体は薔薇の匂いにひたされてしまう。

そんなロマンを作者は信じている。知性派だけれども硬くはない。しかも明るくヨーロッパふうなメルヘンが漂っているこの句は、作者の人柄そのもののように思われる。

八月

石斑魚《ごり》鳴いて母と娘の浴《ゆあみ》哉

池西言水《いけにしごんすい》（『遠眼鏡』）

松尾芭蕉とも親交のあった池西言水（一六五〇―一七二二）は「凩《こがらし》の果《はて》はありけり海の音」という名句をものして「凩の言水」の異名をとった。凩が吹き過ぎていって最後には海鳴りとなったという意味だが、じつはこの句は琵琶湖における湖上の句である。

それと同じように、上の句も言水の豊かな詩想から生まれた一情景である。「ごり」は佃煮などにする小魚だのに、昔から鳴くといわれた。同じく清流にいる河鹿《かじか》（蛙の一種）と混同したのだろうか。もちろん本当は鳴かない。

だから一句は教養上の約束の中で、山村の夕方に娘に行水を使わせている母娘の姿を、描いてみせたものである。雑音のない山の中の、一日の労働を終えたやすらぎの時間、いかにもくつろいだ母娘の、やさしい会話が聞こえるばかりである。その景に石斑魚はふさわしい。

河童《かわたろ》の恋する宿や夏の月

与謝蕪村（『蕪村句集』）

日本人が愛してきた想像上の動物に「かっぱ」がいる。「かっぱ」は「かわ（河）わらわ（童）」がつまったものだろう。川に住む小さな化け物である。いたずら者だが、頭のてっぺんに皿があって、その水がなくなると力が抜けるとされるあたり他愛ない。かっぱのいたずらを封じるのには猿を飼うのがいいというのはおもしろい。

かっぱも河太郎とよんでもらうと一人前になる。彼も男、しきりに恋を夢みる。かっぱ伝説の中に、かっぱが婦人を犯すというものがある。そこからこの句は着想を得ただろうか。ともかく河太郎は恋を夢みながら川辺で夜をすごしている。そこに夏の月がさす。ユーモラスな夜のかっぱの生態には、やはり夏の月がふさわしい。

白罌粟《しらけし》に照りあかしたる月夜哉《つくよかな》

松岡青蘿《まつおかせいら》（『青蘿発句集』）

松岡青蘿（一七四〇—九一）は与謝蕪村たちといっしょに活躍した俳人だが、あまり有名でない。しかし句はすばらしい。わたしが最初に青蘿に感心したのは「しらじらと羽に日のさすや秋の蝶」という句と出合った時であった。非凡な才能がうかがえる。

白罌粟の句もそうで、「照りあかしたる」という長い時間の中に、白罌粟と月との映発を置いたところがすばらしい。こう言われてしまうと、一晩中どころか、永遠に映発が続くようにさえ、思えるだろう。

罌粟の花びらは、はかないほどに薄い。そこに月光がさす。月光が人を狂わせることは後にも述べるが、罌粟もまた麻薬になる。その二つが作り出す光景は異様に妖しい。妖しく幻想的である。

音も聞こえてこない。

茶筅《ちゃしん》さらさらと　立てる音《うとうち》聞きば　涼しさや夏《なつい》ぬ　暑《あい》さ忘《わす》いて

宜《ぎ》野《の》湾《わん》王子　朝祥《ちょうしょう》（『琉歌』）

琉歌は沖縄の抒情歌で、沖縄の和歌といってよいであろう。有名な「おもろ」は古い時代の長歌で、これと並んで沖縄の歌心を伝えるものが琉歌である。八、八、八、六の四句三十音から成る。人びとに愛誦されたよみ人知らずのものが、作者のわかるものよりも、むしろ多い。ただこの歌は沖縄和歌第二期の第一人者・朝祥（一七六五—一八二七）の歌である。

沖縄に茶道がもたらされたのは十七世紀、千利休の流れをくむ堺の僧・喜安による。この歌は茶筅の音の中に清涼の境地を見出した一首で、いかにも上流階層の人びとに好まれたといわれる沖縄の茶の教養が、よく現れている。とくに暑い沖縄の夏を思えば、この涼しさの発見は、ある種の禅味のようにさえ感じられるではないか。

濱木綿《はまゆふ》に流人《るにん》の墓の小さゝよ

篠原鳳作《しのはらほうさく》（『篠原鳳作句集』）

篠原鳳作（一九〇六―三六）は季語を必要としない、いわゆる無季語俳句を主張した一人である。近代文明と国際性の中で新しい無季的詩心が大切だという昭和十年代の指摘は、おどろくほどに早い。その中で、

しんしんと肺碧きまで海のたび

などの秀句が生まれた。

作者は沖縄の宮古島に中学教師として赴任する。この島はかつて沖縄本島の流人の島だったから、このような句をよんだ。浜木綿という旺盛な生命力に燃える植物、そのかたわらにある流人の小さな墓。砂地の墓は傾きかけて、わずかにそれと知られるのであろう。もちろん誰の墓ともわからない。

こういう句に接すると鳳作が棲んでいた詩心の、世界的な広がりが感じられる。墓が小さいのではない、人間が小さいのである。

滴らん寸前のこの輝きの宇宙のいのちまろまろとある

加藤克巳（『心庭晩夏』）

加藤克巳（一九一五―二〇一〇）は硬い石のような歌をよむ。口語の短歌がむしろ中心である。そのため、物を凝視し、きりきりと追いつめ、贅肉をそぎ落とした本質をとり出す。彫刻的な短歌だといってよいだろう。

この歌も水滴が次第にふくれ上がり、やがて落下する、その直前の凝縮した形をよんだもので、それを輝かしい宇宙の生命ととらえたところに、手腕の冴えがみられる。

しかも、この緊張した生命は、まろやかだという。のみならず、「まろまろとある」という表現自体がまろやかで、いささか上句の濃縮なことば遣いと対比的であるのも、「ああ何と丸いことか」という作者の感動を、よく伝えてくれるではないか。物はつきつめると、このように純真な形を示す。そこに天地の真理もある。

九月

鳰《にほ》の海や月のひかりのうつろへば　浪の花にも秋は見えけり

藤原家隆《いえたか》（『新古今集』）

「鳰の海」は琵琶湖のことである。鳰は水面を走るように泳ぎ、つと水の中にもぐって姿を消すことからカイツブリという別名もある。その姿をもって湖を名づけた「鳰の海」は、名前自体に詩情がただよう。

この湖に月光がさす。月の光が浪に映るという。これまた美しい表現である。

さてその上で月の光を移す浪を見ていると、白くわき立っている浪がしらは、すでに夏の浪ではない。あきらかに秋の到来が感じられる、という。

古来歌人たちは何によって秋の到来を知るかを歌によんできた。古今集の歌人が風の音によると歌ったのは有名だが、いま家隆（一一五八―一二三七）は、月光を白く返す浪の穂にそれを見たのである。織細で美しい抒情、さすがに新古今集の代表歌人の一人である。

曼珠沙華《まんじゆしやげ》一むら燃えて秋陽《あきび》つよしそこ過ぎてゐるしづかなる径《みち》

木下利玄（『李青集』）

曼珠沙華という植物はふしぎな姿をしている。地上に一本すっと茎を立て、その先にたくさん花火のような花を咲かせる。茎が単純、花が賑やかであることが不調和で、落ち着きが悪い。その上、賑やかといっても花の赤い色は華麗などという感じではなく、どこか醒めた赤だ。だから死人草などとよばれるのだろうか。この歌も「そこ過ぎてゐるしづかなる径」が沈静な雰囲気に包まれるのは、そのためであろう。人の姿が見えない。

利玄（一八八六―一九二五）は物をいわゆるオブジェのように扱って歌をよんだ。どこにも冗漫なところがない。こうした作風が、歌われた素材を超えた、背後に広がる宇宙まで感じさせて、読者を思索へとさそう。この歌は死の前年、病床で故郷を思った歌である。

かなしめば鵙《もず》金色《こんじき》の日を負《お》ひ来《く》

加藤楸邨《しゅうそん》（『寒雷』）

鵙はけたたましい鳴き声を発して縄張りを主張する。猛禽で、とかげや蛙をつかまえ、枝先につきさしておく。何気なく目をやると干乾びたとかげなどがささっていることにおどろいた経験を、わたしも持っている。

しかし、ひとり荒々しく振る舞っている彼は、頑張り屋で精一杯動きまわりながら生きているのであろう。あらくれの鳥をそう思い直してみると、その姿はけなげに見える。

何でもよい、人間の心にふと愛憐の情がおこった時に、鵙が金色の光線の中を一直線に飛んでくる姿が、啓示のようにひらめいて見える。そうした暗示的、象徴的な心象風景を作者は句によんだのではないだろうか。

秋という季節はすべての物が澄んで、透明に見える。小鳥たちの生態も、人間の心も、宇宙の構造も。加藤楸邨、一九〇五―九三年。

光りつつ低きくさむらにゐる蛍秋宵《しうせう》空を遊ばずなりぬ

佐藤佐太郎（『立房』）

佐藤佐太郎（一九〇九―八七）ほど端正な近代歌人を、わたしはほかに知らない。佐太郎は斎藤茂吉を先達とし、茂吉を論じた著書も名著だが、佐太郎は茂吉をもっともよく継承しながら、もっともよく自己を完成させたといってよいだろう。

その完成をもたらしたものが、物の輪郭を克明に描く、描写の線であった。

この歌もそんな手法によって秋の蛍をとらえた名歌だ。秋、蛍はなお残生をたもっている。しかし低いくさむらの中で光っているにすぎない。もう、高く空中を飛ぶことはない。

空を飛ぶといわず遊ぶといって、蛍にゆとりがなくなった趣に言いなしたことにも、衰えた生命が感じられるであろう。

それでいて「秋宵」という固い漢語を使う。この語によって一首は緊張感をあたえられ、迫りくる死をも予見させることとなる。

十月

蔕《ほぞ》おちの柿のおときく深山《みやま》哉

山口素堂（『素堂句集』）

「ほぞ」はわれわれが「へた」とよぶ、実の付け根の部分である。柿の実が熟しきると「へた」だけを残して実が落ちる。それが「蔕おちの柿」である。

つまりこの落ち柿は、人間にもぎとられたものでも、風によって吹き飛ばされたものでもない。ただただ、自然に熟していって、なりゆきのままに落ちたのである。

まるで人間の自然な死のような柿の死は、ひそかに山中に営まれつづける樹木の生態を示す。大きな生命の営みを作者に感じさせたであろう。

素堂（一六四二―一七一六）は松尾芭蕉と親しい文人である。学問を愛し、漢文、和歌も書いた。茶道の号を今日庵という。

この句も、そうした悠然たる素堂の生き方にふれる自然の物音をよんだものだ。

おもしろう松笠もえよ薄月夜《うすつきよ》

服部土芳《とほう》（『猿蓑《さるみの》』）

服部土芳（一六五七―一七三〇）は師の松尾芭蕉をわが家に招いた。その時の句がこれである（じつは三月のことで、下句の初案は「おぼろ月」だったが、のちに改作した）。

風雅の人を迎える趣向はとてもむつかしい。そこで亭主の土芳は、庭先におちている松笠を薄月夜の中で燃やして、見てもらおうと考えた。

時はほのかに月光がある夜。皓々《こうこう》と明るい月夜より、その方が赤く燃える火が、美しいだろう。

いや正しくいうと、美しく燃えることが眼目ではないだろう。松笠を集めて燃え立たせるという、その趣向こそが最大のもてなしだと考えたにちがいない。江戸時代の俳人仲間には、招客のもてなしに苦心するほどの、豊かな心のゆとりがあった。


遊ぶ子をまもりて妻のゐる草生《くさふ》木をあたためて秋のひかりあり

前田透（『漂流の季節』）

幼な子が草原の上で無心に遊んでいる。母はいつくしみの眼をもって、その子をじっと見守っている。

もう秋も深い。空気はけっして夏のような烈《はげ》しさをもっていない。その中で木々の幹を明るく照らしている光に、ぬくもりが感じられる。

じつは幼な子は一歳半で重症の幼児糖尿病にかかり、いたましい闘病の中にいた。そのことを知ると、この歌があまりにも静寂であることの理由がわかるであろう。そして草生も光も、妻のまなざしとともに幼な子の平穏への祈りにみちていることも。

「木をあたためて」いる「秋のひかり」とは、自然のいのちと一体になった心を象徴していて、感動的である。前田透、一九一四―八四年。

月光をふめばとほくに土こたふ

高屋窓秋《たかやそうしゅう》（『白い夏野』）

わたしたちが俳句に感動するのは、句に宇宙感があるからではないだろうか。

月は古来人間から畏れられてきた。光が妖しいからであろう。月夜には狼男が出るという。月でできた影をふむ遊びは、その影が人間そのものだから、ふめば人を殺すと考えられたことが、そもそもの始まりだった。

窓秋（一九一〇―九九）はそんな畏れを心いっぱいに抱きながら、月光に照らされた地上に、足をおろしてみる。そっと、しかも全神経を集中させて。

すると確実な反応がある。作者はそれを「土」の返答だという。天上の月と大地との交響の中に、いま作者は立つ。しかも反応は「とほく」だという。かすかである。また、はるか彼方からである。そんなひびきこそ作者が全身的に感じている、宇宙の鼓動なのだとわたしは思う。

雁のこゑすべて月下を過ぎ終る

山口誓子（『七曜』）

誓子（一九〇一—九四）の絶唱である。一般には「月に雁」といって、その美しさをほめる。しかしこの句は「その後」を詠んだものだ。「その後」の余韻と空虚を、これほどきっぱりと、伝統につきつけた句は、そう多くはない。「すべて」には、時間も湛えられていて、じゅうぶん嚙みしめた感懐となっている。

石の上に秋の鬼ゐて火を焚けり

富澤《とみざわ》赤黄男《かきお》（『蛇の笛』）

わたしは一頃《ひところ》鬼に熱中していたことがある。鬼は二本の角をはやした悪物ばかりではない。むしろ人間の心の奥深く棲む暗い情念が、鏡にうつし出されてしまった映像が鬼だといってよい。天地自然への畏れが、自然の山川の中にいる鬼を作り出すこともある。

そんな、ふしぎな鬼に赤黄男（一九〇二—六二）は眸《ひとみ》を凝らした。この句も、

木の上に秋の鬼ゐて葉を降らす
を推敲して得たものであることが知られている。「火を焚けり」は紅葉を焚くらしい。すると「林間に酒を煖めて紅葉を焚く」という詩趣とひびき合う心を句によんだことがわかる。作者が見ているのは秋の白く渇いた石である。そこから鬼が紅葉を焚いて酒を煖めている幻想が浮かんでくる。紅葉は鬼の酒のために降るのであろう。

ひたひたと来て雁風呂を燻《く》べ足しぬ　　大石悦子（『耶々《やや》』）

世の中では「流行と不易」とはよく言う。松尾芭蕉が術語として用いたことで、人びとが心を寄せて、そう言うのであろう。

しかし「流行の不易」とはだれも言わないのか、だれか言っているのか、はたまた言えないものか。

少し考えると、むしろ流行は不易だという説はいたるところに転がっている。たとえば中国の易学とは動の哲学であり、イリヤ・プリゴジンの「散逸構造」も動の存在論である。芭蕉でいえば「言ひとめたる光」は流行の不易観である。

そう思わせる句が、大石悦子（一九三八―）の句ではないか。雁供養のことなどを思うとこの句は魂のふしぎな一瞬を言いとめたものだと思うが、句全体には天地の気息といったものがみちみちている。大石句に浸るとは、流行の不易を知る歓びだと、わたしは理解している。

十一月

み吉野の山かき曇り雪降れば　ふもとの里はうちしぐれつつ

俊恵《しゅんえ》（『新古今和歌集』）

俊恵（一一一三―？）は、有名な歌人・源俊頼《みなもとのとしより》を父にもち、新古今和歌集にも十二首がとられる歌人である。東大寺の僧となり、俊恵法師といわれる。

この歌は俊恵がもっとも自信をもつ歌だという。世の中で自讃歌とよばれるものだ。俊恵の作風を継いだ鴨長明《かものちょうめい》は、とくにすぐれた表現も、飾った言い廻しもないが、「姿うるはしく清げにいひ下し」た歌としてほめる。たしかに「吉野山の空が曇って雪が降ると、手前のふもとの村は時雨が降る」というのだから平明である。

しかし、墨絵のような大景を曇り空と雪、時雨でつつむと、風景の寂寥感の深さは底知れない。しかも吉野が花をもって有名なことをもってすれば、この反措定は、いっそう寂寥感を深めて瞑想的ですらあるだろう。

こがらしの地にも落さぬしぐれかな

向井去来《むかいきょらい》（『去来発句集』）

京都・嵯峨野の臨川寺で作ったよしの詞書《ことばがき》がある。向井去来（一六五一—一七〇四）は松尾芭蕉がもっとも愛した弟子で、この句についても「地まで落さぬ」を「地にも」と直したといういきさつがある。

折しも時雨が降っているのだが、そこに強い木枯しが吹いてくる。すると時雨の雨足がさらわれて地上に届かない、という。時雨と木枯しという、二つの冬特有の景物をからみ合わせた句によって、しばらくの間の激しい自然をとらえたものだ。俳句の約束でいうと季語が重なるから好ましくないが、木枯しによって逆まきながら、水しぶきをあげつつ一面にとび散っている時雨が主で、脇役に廻った木枯しは気にならない。

現在、去来が住んだ落柿舎が再建されて、庭の一隅に小さな去来の墓石がある。同じような時雨が墓石を包むことがある。

おりたちて今朝の寒さを驚きぬ露しと〳〵と柿の落葉深く

伊藤左千夫《いとうさちお》（『左千夫歌集』）

作者は朝早く庭におり立った。すると意外な寒さを感じて、本格的な冬の到来を知る。これは肌に感じられる寒さだが、同時に足元にも露をいっぱいふくんだ柿の落葉が深く重なり合っていることにも気づいた。そういう一首である。

斎藤茂吉の師であり、近代短歌を写実から出発させた左千夫（一八六四—一九一三）らしく、素直に体験を語っていて、それなりに「今朝の寒さに驚きぬ」など、読者に迫ってくる力が大きい。

しかし同時に足元の冬にも気づくことによって、冬の季節が全身を包み、そこからあたり一面に冬の寒気が広がっていくところにこの歌の大きさがある。人間は少しずつ小さな経験を重ねて、やがて完全な季節の到来に包まれる。そのことを示唆深く示す一首である。

命はも淋しかりけり現《うつ》しくは見がてぬ妻と夢にあらそふ

明石海人《あかしかいじん》(『白描』)

明石海人(一九〇二―三九)はハンセン病におかされ、瀬戸内の長島愛生園に入って生涯をおえた。もとより家族と会うこともできない。この歌の「現実には見ることができない」というのも、そのことを意味する。

ところが夢の中に妻は姿を見せる。なつかしく恋しい妻である。しかし夢は妻と争う姿しか見せてくれない。そんな体験を作者は「命」の淋しさとして受けとる。生きていることの業《ごう》。孤独な死を迎えようとしている作者にとって、命はどんなにか貴く、愛惜すべきものだったであろう。しかるに、夢の中にまで、命は争う姿として登場する。命とは何か。

この極北をきわめたような命の凝視によって、別に冬の季節を詠んだ歌ではないにしても、この一首を冬の歌とよんでよいであろう。

梟《ふくろう》の月夜や甕の中までも

大峯あきら（『月讀』）

大峯あきらは吉野山中に住む。この句も日常の身辺を句としたものであろう。梟が鳴いている月夜。月光は甕《かめ》の中にまで射しこんでいる、という一句である。俳句で梟は冬の季語とされる。

古来、梟は多くの詩によまれてきた。ワーズワース、国木田独歩、石川啄木など。それらはいずれも梟の深く瞑想的で、不気味でさえある鳴き声を歌う。いま作者はその声がひびくのは月夜だという。しかも皎々《こうこう》とした月光は、甕の中の水にまで及んでいる。月光を映した水が甕の中にある。

静寂をきわめる月光と、それをいちだんと深めていく梟の声と。それらの作る神秘が、まるで甕の中に湛えられているかのごとくである。ちなみに、夜のささやきを聞きとめているかのような作者は、哲学者である。

十二月

さびしさに堪へたる人のまたもあれな　いほり並べむ冬の山里

西行（『新古今和歌集』）

いまも吉野の山の中に西行庵があるように、西行（一一一八―九〇）は山中に隠遁した。わたしの住まい近くの勝持寺《しょうじじ》も、西行が隠棲したところの一つである。ただ、この歌はどこと場所を限定するのではなく、山家における冬の気持ちをよんだものだ。

作者は寂しさをじっと我慢して冬の山里に庵を結んでいる。そこで行を共にする人がいてほしいと言う。昔、評論家の小林秀雄は、この歌を不徹底だと非難した。たしかに道を修めるために出家しておいて友がほしいとは何事かと言われかねない。

しかし、隠遁世界もまた一つの社会で、そこに生きようとするのが西行だった。一途に世俗を否定した、零のような空間ではなかったのである。そうであってこそ、積極的な生命が保てたであろう。西行はそれを求めた。

下京《しもぎやう》や雪つむ上の夜の雨

野沢凡兆《ぼんちょう》（『猿蓑』）

この句は、最初凡兆（?―一七一四）が「雪つむ上の夜の雨」だけ作り、初句を考えあぐねていたところ、師の芭蕉が「下京や」はどうかといった、という。しかも芭蕉は、これ以上の句があったら、もう俳諧をやめるとさえいった。

凡兆は、いわば師に助けられて一句を作ったことになるが、京都の庶民的な町の情調が雪の上に雨の降る夜の光景によって、残すところなく表現されている。同じ芭蕉門の内藤丈草《ないとうじょうそう》の

句に、

下京を廻《めぐ》りて炬燵行脚《こたつあんぎゃ》かな

という句があり、ともに気どりがなく、暖かい人間味にあふれた下京の様子がうかがえる。

下京は大雪に沈むのではない。雪が降ってもそのあとは雨になり、また賑やかさをとり戻す。雪は少しずつ汚れ、雨の音が強くなる。そんな夜更けまで、下京の窓の灯りはなかなか消えない。

夕焼空焦《こ》げきはまれる下にして氷らんとする湖《うみ》の静けさ

島木赤彦（『切火《きりび》』）

島木赤彦（一八七六―一九二六）は信州の諏訪湖近くに住んだ。静寂な境地を歌おうとした歌人である。とくに死の直前に詠んだ、

隣室に書よむ子らの声きけば　心に沁《し》みて生きたかりけり

は、涙なくしては読めない。一月胃癌を宣告され、三月に死去、この歌は死後に発表された。末子は十四歳だった。夕焼空の歌はこの歌と気持ちがひとしい。天上に激しく燃える生命のような夕焼を置き、一方で死のような静寂に入ろうとする湖の結氷を歌う。生命への希求と、それを冷たく凍結してしまおうとする死。この歌は死の十二年も前の歌でありながら、そこに通底するものの確かさにおどろく。

赤彦ほど、生と死の何たるかを透視しえた歌人は、他にいないのではないか。

芭蕉去りてそののちいまだ年くれず

与謝蕪村（「歳末の弁」）

天明時代、俳句再興に功績があった与謝蕪村（一七一六―八三）は「離俗論《りぞくろん》」を主張した。俳諧はごく一般的な俗語を使いながら、世俗から離れることが大事だという理論である。一見矛盾することのようだが、やさしい表現で深い精神が示せるなら、それこそすばらしい芸術であろう。蕪村はそれを目ざした。

その時蕪村がお手本としたのは松尾芭蕉で、とくに年末に芭蕉が詠んだ

年暮れぬ笠着てわらぢはきながら

の離俗の心境を貴んだ。年末、人びとは大さわぎをして貪欲《どんよく》の巷《ちまた》を走り廻る。芭蕉の心境とは程遠い。だから芭蕉がなくなると、本当の年の暮はまだやって来ていないと嘆く。それがこの句である。

世俗におぼれず、深く澄んだ心境で静かに年の暮を迎える、たしかに、それが、年月というものを考える、真の心といえるだろう。

歳晩《さいばん》の象《ぞう》のごとくに橋一つ

有馬朗人《ありまあきと》（『知命』）

有馬朗人（一九三〇—）はすぐれた物理学者である一方、抒情味豊かな句を作る俳人である。この句にしても、一つの橋を象のようだとじっと鋭く見つめる眼は、自然科学者の眼に相違ない。むしろ冷徹といってもよいほどの透明感がある。

しかし、それでいて一句を読むとユトリロが描いたパリの裏街のような風景が浮かんできて、漂ってくる哀愁は、とめようもない。おそらくは、客観だの主情だのというのは便宜的な区別で、物体はまさにそのものとして存在しているのだろう。

物はこうした本当の姿を見せてくれるのも、年の暮に抱く、過ぎゆく年への感懐が、人間に深い眼差しを与えるからであろう。黒ぐろと巨大な存在感をもって動かない象《かたち》、それが歳晩に見せる、物の姿であった。

Ⅳ　古典のことば

季節とことば

こいつァ春から

季節と月日のカレンダー　古今集

古今集といえば、日本人ならだれもが知っているだろう。十世紀の初めに出来上がり、その後の平安朝文化の、華々しい先駆けとなった和歌集である。

今日われわれが日本的だと思っている美しさも、源流が古今集にあることが多い。

さて、古今集は、まず次の歌から始まる。

ふる年に春立ちける日よめる　　在原元方《ありわらのもとかた》

年のうちに春は来にけり一年を　去年とや言はむ今年とや言はむ

一見、奇妙な歌だと思わないだろうか。「一年の内に春がやってきた。だから一年を去年と言ったらよいか、今年と言ったらよいか」というのである。

要するに、もう春になったと考えると、この一年は去年になる。しかし、まだ年の内なのだから、やはり今年だ。

バカバカしい駄洒落だと思う人もいるだろう。だから昔、明治の和歌を革新した正岡子規は、こんな歌なら俺《おれ》だって作れる、といった。

しかし、そうきめつけてしまったのでは、作者の意図はわからない。

じつは日本人は古くから、二つのカレンダーをもってきた。一つは月の動きを基準にしたカレンダー。今の太陽を基としたカレンダーと同じ理屈だから、一月ごとに代わっていって十二月(師走)で一年がおわる。

ところが一方で、一年を二十四に分けた二十四(節)気とよばれるものも、カレンダーの役目をした。これらには立春とか立冬、冬至とか夏至がある。今日でも残っている「二百十日」は立春から数えた日数。このころによく台風が南から西から押し寄せてきた。

そこで春の最初の立春は一月一日、夏の始めの立夏は四月一日になるはずだが、実際には、なかなかそうならない。ずれてしまうのである。

たとえば平成二十八年でいえば月のカレンダーの一月一日は太陽暦二月八日である。立春は二月四日。これと同じずれを古今集のあの歌もうたった。この間を、どう呼んだらよいか、という次第である。

しかし、ずれはともかく、このように古代人が立春、立夏……と季節の名でよぶもう一つのカレンダーをもっていたことを、改めて思い出してみると、その習慣を現代人が忘れていることに気づく。

現代人は春夏秋冬を季節を表すもの、一月二月……一日二日……を日を数えるものと考えているが、じつは春夏秋冬もカレンダーだったのである。その証拠が先の二百十日や、お茶の葉を摘むころの八十八夜（立春から数えた日数）だった。
古今集をはじめ多くの日本の古典に登場する人びとは、春についていえば立春につづく雨水、啓蟄《けいちつ》、春分、清明、穀雨《こくう》……と十五日ごとに展開する春の節目をカレンダーとして生活していたのである。これは世界でも珍しいカレンダーというべきだろう。季節は日本人にとって、それほど生活に密接だったといってもいい。

源氏物語の春

それでは春の季節は、どのように古典に見られるのだろう。
源氏物語の一節、「若紫」の巻の冒頭は、主人公の光源氏が都の北山に出かけるところから始まる。北山に到着したのは、まだ暁だったとあって、次のように記述がつづく。

やや深う入る所なりけり。三月のつごもりなれば、京の花、盛りはみな過ぎにけり。山の桜はまだ盛りにて、入りもておはするままに、霞のたたずまひもをかしう見ゆれば、かかるありさまもならひたまはず、ところせき御身にて、めづらしう思《おぼ》されけり。

北山に少し入ったところ、春三月の下旬のこととて、都の町中では桜が盛りを過ぎているのに、山の桜はまだ満開だという。その満開の桜に霞がかかっていて、山路をたどるにつれていっそう趣が増す。光源氏は皇子なのだから外出もそうそう自由ではない。そんな身にとっては何事も新鮮なはずである。

こんな描写は今日のわれわれからみると、日本画そのままという感じがするであろう。いかにも「絵にかいたような」わざとらしさもあろうが、しかし、むしろ逆に、こうした実景を古人が絵にかいたから、風景がまるで「絵そら事」のように思えるのである。

これも春の曙の風景だが、春の曙の風景は、枕草子の冒頭にも見られる。山際が少し明るくなって、紫がかった雲が細くたなびくという、例の描写である。

ところがこれは実景だと、長く京都に住む人は言う。源氏物語の風景も同様である。

さて、光源氏はここで一人の美少女を発見する。後のち、この物語の女主人公となり、源氏最高の理想的女性とされた紫の上がその人である。

つまり作者は満開の桜の中に女主人公を登場させる。とするとこの少女のイメージは桜の花につつまれるだろう。その場合、読者は先だって古事記が語る美女、コノハナノサクヤビメを連想せざるをえない。

古事記の神話が語るところによると、この女性は桜の花のように美しく、主人公が彼女と結婚したことで、人間の短命が運命づけられたという。紫の上も光源氏と心をよせ合って生涯をすごし、紫の上がなくなると光源氏はもう生きていられない。後を追うように身まかってしまう。まさに紫の上はコノハナノサクヤビメの生まれかわりのような女性である。そのような意図をもって、作者は紫の上を物語に登場させたのである。

ちなみに源氏物語に登場する女性たちの一人ひとりを花にたとえるくだりでは、紫の上は桜にたとえられている。

とりわけ桜の花は美しく、そして短命である。美しいものは命が短い、花火をいい例とする、そんな哲学を古代人はもっていたのだろう。春という季節は美しい花々にみちる、みごとな季節だが、その美しさは同時に永遠のものではないという考えの中で春をめでたのが、古代の日本人であった。

春とは、ただただ花の美しさに浮かれて花見をし、酒を飲み踊りあかす季節ではなくて、物の行く末まできちんと見通した上での、いのちの華やぎの時期のことであった。

奥の細道の春

つぎに時代が大きく変わるが、十七世紀の中ごろの作品、奥の細道をとりあげてみよう。俳人の松尾芭蕉が東北地方から北陸にかけて旅をした時の見聞記である。

弥生も末の七日、曙の空朧《ろう》々として、月は在明《ありあけ》にて光おさまれるものから、不二《ふじ》の峰幽かにみえて、上野・谷中の花の梢、また何時かはと心細し。むつましきかぎりは宵よりつどひて、舟に乗りて送る。千住《せんじゅ》といふ所にて船をあがれば、前途三千里のおもひ胸にふさがりて、幻のちまたに離別の泪《なみだ》をそそぐ。

行く春や鳥啼き魚の目は泪

これも三月二十七日、春も末のころである。しかも芭蕉は早朝に旅立ちをしたらしい。「曙の空朧々として」とある。

そして上野から谷中にかけての一帯には桜が花を咲かせている。晩春の曙の桜というところ、先にあげた源氏物語の段を、明らかに承《う》けた叙述だと考えられる。

奥の細道は全体として源氏物語の影を濃くとどめている。ここもその一つである。つまり読者はこの段を読みながら、その連想の中で同時に源氏物語の春の情景も体験することとなる。

しかしなお、芭蕉は風景に趣向をこらしている。光もすでになく、白く空に浮く月と、梢を見せる桜との他に、もう一つ、富士山を遠景の中に置いた。

残月、桜、富士。

こう並べるとみごとに日本の風景の、道具立てが揃うではないか。日本人なら、だれもが観念的に頭の中にもつ春の風景だろう。

しかもそれを住みなれた江戸の風景として述べ、旅の出発にあたって「また見られるだろうかと心細い」と語るのだから、故郷からひとり遠ざかる孤独感を、この風景はきわ立たせることになる。

さてその上で、芭蕉は魚を泣かせる。別離を悲しんで、鳥も魚も泣いている、と。

魚が泣くのか、大いに議論が湧くであろう。いや大半は、レトリックにすぎないと思うにちがいない。むしろこの卓抜な発想に大天才・芭蕉を発見するかもしれない。

しかしわたしは、この句のリアリティを感じたことがあった。かつてブラジルへ行った時、ピラニアやピラルクの目を見たことがあった。みるからに獰猛《どうもう》な目だと思ったのは、これらの魚の習性を知っていたからではあるまい。たしかに見たために激しい目だと思えたのである。

そしてこの時、わたしは芭蕉のこの一句を思い出していた。日本の魚の目の、何とピラニアらとちがうことか。わたしは、日本の魚の目が涙にうるむという事実を、確信した。

春、日本の魚は目がやさしくうるむ。それは春景色のやさしさの投影にちがいない、と思った。

桜鯛とよばれる鯛がいる。桜のころ獲れるというのが正確なのだろうが、桜の花色に染まった鯛と思うこともできるではないか。

春の白浪——歌舞伎

もう一つ、歌舞伎の世界をのぞいてみよう。歌舞伎は芝居だからふつうの文学と違って、動作をともなう。春の季節感も舞台の上での演技、衣裳、せりふがいっしょになって作るもので、ことばだけのものではないが、つぎのせりふは、読んだだけでも春の季節感が立体的に伝わってくるような気がする。

月も朧《おぼ》ろに白魚の、
篝《かがり》もかすむ春の空。
冷《つめ》てえ風もほろ酔ひに、
心持ちよくうかうかと、
浮かれ鳥のただ一羽。
塒《ねぐら》へ帰る川端で、
棹《さお》の滴か濡れ手で粟《あわ》。

思ひがけなく手に入る百両。
ほんに今夜は節分《としこし》か。
西の海より川の中、
落ちた夜鷹は厄落とし。
豆沢山に一文の、
銭と違つた金包み。
こいつァ春から、
縁起がいいわへ。

河竹黙阿弥の作。安政七年（一八六〇）に初めて上演された『三人吉三《さんにんきちざ》廓初買《くるわのはつかい》』の中（二幕目）で盗賊の一人、お嬢《じょう》吉三が川端でおとせという女性から百両を奪いとった時のせりふである。おとせは夜鷹（遊女）、この時川へ蹴《け》落とされる。

盗賊のせりふというと現代人は奇妙に思うだろうが、当時は金持ちから金を奪って庶民にあたえる「義賊」まで登場し、一種英雄扱いするロマンももっていた。盗賊は当時白浪《しらなみ》といわれ、黙阿弥は白浪物が得意だった。

そんな前提で見ると、このせりふは春の白浪といった情感さえ湛《たた》えている。ことばも七五調をくり返し、掛け詞（朧ろに白—白魚の）、縁語（棹の滴—濡れ手）を用い、思わず暗記したくなるような名調子である。じじつ、「こいつァ春から、縁起がいいわへ」の部分は、成句となって、たくさんの人に知られているのではあるまいか。

もし、ことば遣いに春のことば遣いとか秋のことば遣いとかといったものを考えてよいなら、まさにこのリズミカルな表現は、春のことば廻しといってよいだろう。気分も、無邪気に「春から縁起がいい」といってのけるほろ酔い気分で「濡れ手で粟」と喜んでいる。

もちろん情景も春らしい。

月が朧ろだというのは、すでにあげた芭蕉の「曙の空朧々と」につながるもので、じゅうぶんに伝統的なものだが、さらにその上に春の白魚という特有な風物をあげ、それをとる篝火も霞む。

しかし一方、春は無事に冬の大晦日をとおり越した後で、はじめて訪れる。何よりも節分が大事である。

そんな折、百両が手に入るのだから節分も大丈夫、そして春早々に縁起がいい、ということになる。

お嬢吉三はやがて百両をお坊吉三ととり合いになり、和尚吉三があずかる。そんな未来を知らぬ気なせりふも、のびやかな春のめでたさの一つであろう。

夏は夜

万葉集の太陽

つい最近、和歌を四季にわけて載せるのは古今集から後の習慣だ、という人がいて、びっくりした。

そんなことはない。万葉集から、もう四季の分類は始まっている。つまり万葉びとも、しっかりと四つの季節感をもっていたのである。こんな歌もある。

六月《みなつき》の地《つち》さへ割《さ》けて照る日にも　わが袖乾《ひ》めや君に逢はずして

作者未詳（巻十、一九九五）

「太陽を題として詠んだ歌」という。この材料もめずらしい。万葉びとが夏を「太陽の季節」と感じていたといえば、すぐに石原慎太郎の「太陽の季節」を思い出させるほどに、斬新ではないか。

この歌は恋歌である。陰暦六月、晩夏のジリジリと照りつける太陽によって大地までヒビ割れする。それほど強烈な太陽が当たっても、わたしの濡れた袖は乾かない。長いこと恋人に会っていないから、という意味だ。

大げさな話で、聞いた人はみんな大笑いしただろうが、それも太陽が強く輝いていればいるほど、笑いは大きくなる。白夜の太陽がぼんやり空にあったら、乾かないのは当然なのだから。

もちろん夏は、暑いだけの季節ではない。夏になると咲く花、やってくる鳥、旺盛に成長する草木のみずみずしいいのちも、万葉びとに夏を感じさせるものであった。

その点で代表的なのが、花ではタチバナ、鳥ではホトトギスである。

タチバナの一首をあげよう。わたしの大好きな歌の一つである。

風に散る花橘《たちばな》を袖に受けて　君が御跡《みあと》と思《しの》ひつるかも

作者未詳（巻十、一九六六）

万葉集には花橘のように花を植物の名前の上につける言い方がある。花橘は橘の花のことだ。「花かつみ」（ショウブの花のこと）などと、この美しい言い方を、皆さんは現代に復活させてほしい。「サクラの花がきれいだ」というかわりに「花サクラがきれいだ」といってほしい。花ナデシコ、花チューリップなど、いちだんと美しいではないか。

さて恋人が去ってしまった後、彼女は風に舞うタチバナの白い可憐な花を、広げた袖に受けて、恋人の残り香としていとおしんでいる。恋人はタチバナの花の匂いを着物にしみこませていたらしい。

親友が転校していったりすると、残していったものを手にして友をしのぶことがあるだろう。

その時、現実は空白の世界だが、心は思い出でいっぱいになる。

その形見にあたるものが、彼女の場合はあたり一面に散るタチバナの花びらだった。余韻の漂いの中にいる作者の姿が美しい。

こうして万葉集の夏は、太陽の輝きだけでなく、美しい花ばなの季節だった。「太陽の季節」は「花の季節」でもあった。

ちなみに、この一首は古今集でも同じ内容がつぎのように詠われている。

五月《さつき》待つ花橘の香をかげば　昔の人の袖の香ぞする

よみ人知らず（巻三、夏）

枕草子の夜

日本で最初の名エッセイストといえば、だれでも清少納言をあげるのではないか。その名著・枕草子は当然季節の移りかわりに敏感である。

彼女は夏をどう思っているだろう。

枕草子に「物づくし」とよばれる段のあることはよく知られている。「〜は」といって、それに該当するものをあげる。たとえば、「関所といふと」と書き出して「逢坂《おう》の関、須磨の関……」とあげるように。

その中に「夏は」という段がある。例の鋭い観察眼で、どんな特色を並べているのだろうと、興味津々というところだ。

そこで枕草子をひろげてみると、

夏は、世に知らず暑き。

（百二十二段）

これだけである。よほど書いている時に虫の居所が悪かったのかと思うが、一つ前も「冬は、いみじく寒き」と書くだけだから、むしろ寒い、暑いという季節感の大きさを汲みとるべきだろう。

人工的なエアコンで寒暖が調整されてしまっている現代人が、この自然な寒暖の実感を失っていることを、大いに反省すべきだということにもなる。

そこで当然、清少納言は暑い昼の反対の夜に夏のよさがある、と思うようになる。

枕草子の有名な冒頭は、こうある。

夏は夜。月のころはさらなり。やみもなほ蛍《ほたる》飛びちがひたる。雨など降るさへをかし。

（一段）

しかも夏の月夜がいい、ホタルの飛ぶ夜がいい、雨夜がいい、と断言する。

こう言うからには、古来月は中秋の名月といってきたことに対しても、もっといい月は夏の月だという発言と、受けとらざるをえない。雨といえば、いわゆる梅雨も夏の雨だ。じとじと降りつづく雨も、夜ならいいのだというところまで、責任をもつのだろう。しかもこの雨はホタルの上に加えているのだから、雨夜と明滅するホタルがいいという意見である。

万事、明快なのが清少納言のよさである。それが紫式部の癇《かん》にさわって紫式部日記で「得意顔をしている」と批評されることになるが、この夏の夜のよさの発見は、なかなかユニークでおもしろいではないか。

わたしの直感でいえば、夏の月はデカダンスの趣がある。春の月はおぼろであいまい。秋の月はきれいに澄んでいて、優等生のつまらなさがある。そして冬の月は凄みがあって殺気だつ時もある。そんな中でのデカダンな夏の月。

清少納言の中にも、ちょっと不良少女っぽい要素が隠されていたのかもしれない。「夏はとにかく暑いわネ」とか、「夏の月って、おもしろいじゃナイ」とか大声でいっている清少納言のイメージを、当今の女流作家にあてはめてみるのも、ひそかに楽しい。

さて、だれが似ているだろう。

徒然草の家

清少納言と並んだもうひとりの名エッセイストは、兼好法師だろう。

徒然草という本は、読めば読むほど中味が濃くなる。そして、この男はよほど頭のよかった人間だと、いっそう感心してしまう。

その点、清少納言と並べると、それぞれに特徴が別で、それぞれおもしろい。一言でいうと、情の清少納言と理の兼好といえるかもしれない。紫式部にいわせると清少納言は理の人かもしれないが、正しくは紫式部も人並みはずれて情の深い人だった、ということだ。

そんな王朝時代の後に、理知の兼好を迎えて、本格的なエッセイ文学の収穫があったことが、よくわかる。

だから季節の風物をもてはやす文章は清少納言の方が得意だったのに対して、徒然草はあくまでも人間との関係から見た自然である。

たとえば、五月の京都、最大のお祭りである葵祭。枕草子も大々的に書くし、徒然草も取り上げるが、枕草子の方は祭りのころの季節のみずみずしさを語るのに対して、徒然草の方は、葵祭を見る人間を、よりよく観察する。

季節が単純な自然の移り変わりでなく、人間生活の上での季節になっているところに、徒然草の大きな特色がある。

次にあげる有名な段にも、この特色が大きい。

家の作りやうは、夏をむねとすべし。冬はいかなる所にも住まる。暑きころ、わろき住《すま》居《ゐ》は、堪へがたき事なり。

深き水は涼しげなし。浅くてながれたる、遥かにすずし。こまかなる物を見るに、遣戸《やりど》は蔀《しとみ》の間よりも明し。天井の高きは、冬寒く灯《ともしび》暗し。造作《ぞうさく》は、用なき所をつくりたる、見るもおもしろく、万《よろづ》の用にも立ちてよしとぞ、人の定めあひ侍《はべ》りし。（五十五段）

最後に他人が決めたように書いてあるのは造作についてで、それ以前の部分は兼好自身の意見である。

この文章も理づめで、夏と冬は絶対に対立的で家という年中必要なものは、どちらかを優先させないといけない、という前提がある。

深い水は冬向き、浅い水は夏向き。遣戸（いまの引戸）は夏向き、蔀は冬向き。高い天井は夏向き、反対の低天井は冬向き。灯りをつけても高天井では暗いから、日の暮れが早い冬は不向き。夏は日が長いから暗くても高天井の方がいい。

このように一長一短だから家は二者択一になる。となると夏をとるのがいい。冬は防寒具もあるが、夏の暑さは防ぎようがない。夏の猛烈さでは清少納言と一致しながら、理づめで判断した上での、夏対策の住まいのすすめが、いかにも兼好らしいところである。

日本の古典は建築における季節感までもっていて、季節感が自然への見方だけではないことは、日本の古典時代の文化の成熟を示すといってよいだろう。

鶉衣のホタル

枕草子も徒然草もよく読まれるが、もう一つ、なかなかの名エッセイと見られるものが鶉《うずら》衣《ごろも》である。横井也有《よこいやゆう》という尾張藩の重臣が書いた文章（一七二七年から一七七九年までの執筆）を集めたものである。

也有は俳人だった。だから兼好の人間的季節感から、もう一度自然を客観的に見る姿に戻っているが、しかし自然の見方の底に、一本筋の通ったものがある。要するに俳諧の心である。例をあげてみよう。

ほたるはたぐふべきものもなく、景物の最上なるべし。水にとびかひ、草にすだく。五月の闇はただこの物の為にやとまでぞ覚ゆる。しかるに貧の学者にとられて、油火の代にせられたるは、此ものの本意にはあらざるべし。歌に蛍火《ほたるび》とよませざるは、ことの外の不自由なり。俳諧にはその真似すべからず。（百虫譜）

ホタルをほめるのは、さきほどの枕草子の流れだし、闇はホタルのためにあるという、たいへんなもちあげようである。水に飛び、草にすだく（たくさん集まること）姿まで想像してよろこんでいる。

その上、也有は、ホタルが何かの実用に使われると、おもしろくない。例の中国の学者がホタルの光をたよりに勉強した故事をひいて、ホタルの本意ではないだろうと極めつける。貧しくて灯油の買えない学生がホタルの光で勉強するのはりっぱなことだ。しかし役に立つかどうかで、価値の有無を決めるという、こだわりの気持ちを捨てたいというのは、俳諧の精神である。

そもそもホタルは魂の化身だと思われた。和泉式部がホタルを「わが身を抜け出した魂か」と詠ったのも、その一つだ。也有は、これも重い見方だというだろう。

何の意味づけもしないで、自由に自然の生き物たちを飛びまわらせ、走り廻らせて、その姿を見て楽しもうというのが彼の思想である。だから自然の風物も、和歌によって見方や歌い方が約束されてしまったことから、解放しようとするのである。

最後の部分で、和歌では「蛍火」という表現が禁止されているが、俳諧では使っても大いに結構、という。これも和歌からの解放である。

ちなみに「蛍火」がなぜいけないかというと、そもそもホタルとは「火垂《ほた》る」（光があふれるという意味）だから、もう一つ「火」をつけるのがおかしいからである。

しかしもうホタルからだれも「火垂る」を連想しない。そうなった上で意味が重なると考えるのも、融通のきかないことだ。無意味に形式を守りつづけることになる。

その呪縛からも解放しよう。也有は俳諧的に、もういっぺん、伝統的季節感、自然の表現の仕方を見直そうとした、といえるだろう。

松尾芭蕉も和歌の囚《とら》われた見方を変えようとした一人である。和歌の題材は制約があるが「たんぼでタニシをとるカラスだって俳諧になる」という。

十七世紀以後、俳諧が盛んになることによって、とかく偏った見方をされてきた自然や季節が、本来の自然の姿をもう一度取り戻して、折々の自然として日本人に愛好されるようになった。いわゆる歳時記という、俳諧の素材を分類した最初の代表的な書物『山之井』（北村季吟編）が俳人の手によって出来上がったのも、一六四八年のことである。

秋のけはひたつままに

美女をさらう月

古典というと、まずは優雅な感じがする。ましてや季節季節の描写となると、いかにもあわれ深く、抒情的な情景が想像されるだろう。

しかし、そうとは限らない。なにしろ、古典を書いたり読んだりした人たちも、その時どきには、生活者だったのだから。

いまだって節分の豆まきのようにユーモラスなお祭りもある。欧米のハロインのように、かぼちゃやお化けが出るお祭りも、季節を追ってやってきた。

秋になると仲秋の名月が、皓々と夜空を照らして美しい。人びとはそれを迎えるとススキを飾り、お団子をそなえて月見をした。

しかし昔の人たちは、月をただ美しいとだけ見ていたのではない。いま、有名なかぐや姫の話を思い出してみると、かぐや姫は仲秋の名月（八月十五夜）が近づくと、次第に嘆きが深くなり、月を見ては泣く日が多くなる。なぜなら、この夜、姫はもとの世界である月へ帰らなければならないからだ。

要するに月は、この世から絶世の美女をさらっていってしまうものであった。

四季を問わず天空にかがやく月は、とくに秋の夜空に冴えかえり、白銀の光を地上に投げかけてくる。しかしそれは、美しいという以上に、怖かった。ヨーロッパの伝説では狼《おおかみ》男が出て、美女をおそう。いまでも統計によると、満月の夜は交通事故が多いという。

いかにも古典らしくない、現代的なこんな月も、現に「かぐや姫拉致《らち》事件」として竹取物語の中に登場するのである。

もちろん、事情を知った帝以下、周囲の人は姫をまもる。弓矢をたずさえた衛士《えじ》どもが邸を固める。しかし、いざその時になると、つぎのような状況になる。

　子《ね》の時ばかりに、家のあたり昼の明《あか》さにも過ぎて光りわたり、望月《もちづき》の明さを十合《とをあ》はせたるばかりにて、ある人の毛の穴さへ見ゆるほどなり。

時は深夜だというのに昼をあざむく明るさで、満月の十倍。いったい何ルックスになるのか、その場の人の毛穴まで見えるほどの異様な月光だった、という。

防備の者も何者かにおそわれたように戦意を失い、体はへなへな、心もうつろになってしまった。

竹取物語には多少ユーモラスな口ぶりがある。これも書かれる前に、たくさんの人に話して聞かせる段階があったからだろう。その時の聞き手たちは、かぐや姫物語のクライマックスを作り上げるこの語り口に、圧倒されながら聞き入っていたはずだ。

いや、語り口に圧倒されたのではない。一年中でもっとも美しいとされる月の光の恐ろしさに、圧倒されていたのである。

古典びとたちがもっていた歳時記には、こうしたリアルな季節の景物もあったことを、忘れてはいけないと思う。

紫式部日記の秋のけはい

ところで一方、平安時代も十一世紀になると、宮廷の女房たちが優雅な生活を楽しむようになり、じゅうぶんな文化の享受者として、かずかずのことばの花を咲かせるようになった。

秋を述べた名文も多い。とりわけ人びとに親しまれ、暗誦する人も多いと思われるものは、紫式部日記のつぎの部分であろう。

> 秋のけはひたつままに、土御門殿《つちみかどどの》のありさま、言はむ方なくをかし。池のわたりの梢《こずゑ》ども、遣水《やりみず》のほとりの叢《くさむら》、おのがじし色づきわたりつつ、おほかたの空も艶《えん》なるにもてはやされて、不断の御読経《みどきやう》の声々あはれまさりけり。やうやう涼しき風のけしきにも、例の、絶えせぬ水のおとなむ、夜もすがら聞きまがはさる。

筆者・紫式部は源氏物語の作者であり、さすがという他はない。とくに、ここは冒頭の部分、いちだんと入念な筆づかいだったはずである。

土御門殿とは中宮彰子の父、藤原道長の邸で、いましも彰子は出産のために里の邸に下っている。出産の予定は九月、いまは秋七月の立秋のけはいも実感できる初秋のころと思われる。

さて、この文章が名文といえる理由はどこにあるのだろう。

まず、この描写の中には何一つ、きわ立った秋の景物がない。梢だって叢だって、いつも見える。遣水も、平凡な庭のしつらえにすぎない。

特段にどこの何が秋めくというのでもなく、それでいて秋のけはいがたつという季節の体感こそが、じつはこの国の秋の感触なのだろう。

空もおおかたの様子が艶だといい、秋のけはいとともに感じるものは、これまた風のけしきだという。

とくに涼気が漂ってきた、天地宇宙の全体が緊張へと向かっていく、そんな季節の移行が秋なのであろう。

また、きわめて直覚的な季節の認識が、それぞれの景物の中で連動して感じられているのも、この文章の特徴であろう。おおかたの空が艶なる様子だということを中心として、梢や叢の色づきつづける姿とも、読経の声々とも、それぞれに空は連動している。

そしてまた、風の様子と遣水の音もばらばらではなく、しかも遣水の夜もすがらの音は読経の声とも聞きまちがえられるというほどに、区別しがたい。

こうした作者の目や耳に、あれこれの景物が一つの生命体をなして感じられることこそ、自然の季節を深めゆく営みとの、いちばん深い対面なのであろう。

この文章が、名文をもって聞こえる理由も、そこにあるにちがいない。

自然は人事を包含してしまうものだということを、この文章を見ながら、わたしはつくづくと思う。

秋の三夕

ところで、古典文学について秋をいうのなら、とうぜん三夕《さんせき》の歌にふれなければならない。三夕とは新古今集巻四、秋の歌の上に並べられた三首の夕ぐれの歌のことだ。作者はまさに新古今集の中でも、いずれ劣らぬ名手。その作を同じ主題のままに並べたのは、もちろん意図的な配列である。

さびしさはその色としもなかりけり　槇《まき》立つ山の秋の夕暮　寂蓮《じゃくれん》法師
心なき身にもあはれは知られけり　鴫《しぎ》立つ沢の秋の夕暮　西行法師
見わたせば花も紅葉もなかりけり　浦の苫屋《とまや》の秋の夕暮　藤原定家

新古今集はよく知られているように、編集をくり返した歌集である。だからこの三首も、現在のこの形について配列の意図を考えることになるが、さて配列は、まことにみごとだ。

まず三者三様、山、沢、浦と場所をかえて、秋の夕ぐれという同じ季節の同じ時刻を歌う形をとる。日本列島の中で、それぞれの地勢に応じて、秋の夕ぐれはこのようですよと、いってもいい。

それでは山はどうか。槇という土地に直立する木々におおわれた山は、どこといって変哲もないのだが、さて秋の夕ぐれの槇山は寂寥にみちる。

旅人はあわてる。いったいなぜか、と。しかし見まわしてみても、何がどう寂しさを見せるというのでもない。それが日本の秋の山路の夕景だといわれると、どう思うだろう。

なまじ真っ赤に紅葉した木でもあれば、寂寥はよほど軽くなる。しかし「その色としもない」風景こそが、典型的な山路の夕ぐれの秋なのである。

ついで沢では、渡り鳥の鴫が飛び立つことで秋のあわれが身にせまるという。西行は新古今集一番の歌人だし、生得《しょうとく》（生まれつき）の歌人とさえいわれているが「自分は心なき身だ」と、抒情に溺れることをいったん拒否する。

この「心なき身」とは僧であることをいうのだろう。その上で「あわれ」を受容することで、「あわれ」はいっそう深まる。

彼をそうさせたものは鴫だという。鳥の上に流浪の旅の自画像を重ねていることはいうまでもない。

そして最後が浦である。これは源氏物語の中に入りこんだ歌だといわれるが、それを切り離してみると、やはり通常のはなやぎをみせる花、紅葉を否定するところに、新しい発見がある。前の二首の山の槇、沢の鴫に対するものが浦の苫屋である。苫屋など、およそ古来わびしいものと相場がきまっていた。

こうしたものが象徴的な点景としてとり上げられているのも、中世的な秋といってよい。いずれも春、夏、冬にはそぐわない点景のように思えるが、いかがであろう。

また三首に共通することば遣いは、「なかりけり」「なき」「なかりけり」という否定である。秋の風景は否定の言い方と、心の深奥の部分で、無意識的に結びついているのにちがいない。

平家物語の月見

さて、新古今集ができたのは、一二〇五年、鎌倉に幕府ができてほどなくであった。だから、その源平の合戦を描いた平家物語も新古今集とは隣人の関係にある。

じじつ、藤原定家は、世上におこった源平の合戦など、私には関心がないと言い切っているほどであった。定家は平家をめぐる合戦に背中をむけたが、平家物語に登場する人びととて、とうぜん秋の情趣を解する人たちであった。

治承《じしょう》四年（一一八〇）、天皇は戦乱のままに、長年の都だった京を捨てて、福原に都を移す。平家一統の殿上人も、こぞって福原へ移っていった。

しかし秋八月を迎えると、公卿たちはやはり名月を見たいと、ある者は光源氏をしのんで須磨・明石に出かけ、ある者は淡路島へ出かけたが、旧都へ戻って仲秋の名月を見ようとする者もいた。

平家物語は、そのくだりに、わざわざ「月見」という章をたてて、公卿の雅びを描く。

　其《その》なかにも、徳大寺の左大将実定《しってい》の卿《きやう》は、ふるき都の月を恋ひて、八月十日あまりに、福原よりぞのぼり給ふ。何事も皆かはりはてて、まれにのこる家は、門前草ふかくして、庭上露しげし。

旧都はいちはやく荒都となって見る影もない。その中で実定はかろうじて姉の住む御所を訪ねる。姉も琵琶をひいて昔をなつかしがっているところだった。

ちょうどその御所には、待宵《まつよい》の小侍従《こじじゅう》とよばれる女房もお仕えしており、この女房も召し出して、実定は一夜を語り明かす。

大将、かの女房よびいだし、昔いまの物語して、さ夜もやうやうふけ行けば、ふるき都の荒れゆくを、今様にこそ歌はれけれ。

古き都を来てみれば
浅茅が原とぞ荒れにける
月の光は隈《くま》なくて
秋風のみぞ身にはしむ

と三べんうたひすまされければ、大宮をはじめ参らせて、御所中の女房たち、みな袖をぞぬらされける。

実定は、本来は月見に来たはずだったのに、皓々と照る仲秋の名月は、むしろ荒廃をきわだたせ、残酷な時代の推移を照らし出してしまった。

月を鏡にたとえることは多い。月を見てわが身を考える習慣が人間にあるのだろう。昔から「配所の月」ということばもあって、配流の身の上で月を眺めることが作詩上のテーマにさえなっていた。しかしいま、むしろ都へ戻ることが「配所の月」と同じ体験を実定にさせることになった。

この月も残酷で罪つくりな月だと思うと、すでに述べた、美女を拉致する犯罪的な月と、この月は根が共通する。月はやはり、美しいばかりではない。

こんなに冷酷な月も、春のおぼろ月や夏のおおらかな月とちがって、少しずつ寒気を加えていく日本の秋には特有の月なのであろう。

夢は枯野を

雪と愛

「菊後の花」ということばを、御存じだろうか。梅の花から始まって、一年中花は咲きつづけ、その最後を飾るものが菊である。だから菊の花が枯れると、もう世上に花はないことになる。

ところが、菊の後にもう一つ花があると、中国ではいう。

それは雪だ。うつくしい比喩ではないか。たしかに冬枯れの野山をいろどる雪は純白の花といってもいい。

だから昔から、風物にとぼしい冬の季節には、雪がいろいろと歌にもよまれ、物語にも書かれてきた。古くは八世紀の万葉集にも、それが見える。


わが背子と二人見ませばいくばくか　この降る雪のうれしからまし

光明皇后（巻八、一六五八）

光明皇后は、あの東大寺の大仏を建立した聖武天皇の皇后。天皇と何事にも力をあわせて政治を推進した、聡明で愛にみちた方であった。

歌はある日、皇后が天皇にたてまつった一首だという。万葉びとも、今日のわれわれと同様、雪が降ると大よろこびをした。しかしそれも、愛する人といっしょに見るのがもっともいい。そうだったらよかったのにと、いま離ればなれになっている皇后が、残念さを訴えたのである。

そこで、雪をいっしょに見ることがこんなに楽しいことなら、愛する人が亡くなった者にとっては、雪はいちだんと悲しいものとして目に映ったであろう。同じ万葉集は、つぎのような歌も載せている。

但馬皇女《たぢまのひめみこ》の薨《かむあが》りまし後に、穂積皇子《ほづみのみこ》の、冬の日雪の落《ふ》るに、遙かに御墓《みはか》を見さけまして、悲傷《かなし》み涕《なみだ》を流して作りませる御歌一首

降る雪はあはにな降りそ吉隠《よなばり》の　猪養《ゐかひ》の岡の寒からまくに

穂積皇子（巻二、二〇三）

作者の穂積皇子は但馬皇女と、生前恋愛関係にあった。但馬皇女は熱烈な恋歌を穂積におくる。恋愛が世上に知れわたっても、ひるまない。監視の目のきびしい夜をさけて明け方、しかも男性が女性のもとをおとずれるという常識を破って、自分から穂積のところへたずねていった。但馬は人妻である。若い穂積はこのあまりにも重い恋に、たじたじとするばかりだったの

だろう。一首の歌も但馬に返していない。

やっと一首、穂積が歌を返せたのは、但馬の死後であった。但馬の死によって、わずかに心のゆとりができたのであろう。そのゆとりとは、悲しみを口にすることができるというゆとりであった。

その歌がこの一首である。万葉集の伝えるところによると、雪のみだれ降る視野のかなたに、但馬の墓を望んだ日のことだという。思わずこみ上げてくる悲しみの中に、涙は頰を流れ、一首を口ずさんだ。「雪よ、そうたくさんは降ってくれるな。吉隠の猪養の岡に眠る皇女が、寒いだろうから」と。

冬は寒い。その季節の寒さが人間の心に訴えてくるものを、これほど哀切に文字とした作品も、まれであろう。

悲しみが似合う季節が冬だといえば、冬は大きな因縁を、人間との間にになうこととなるのだが。

冬枯れの閑居

十三世紀、このころ日本文学がむかえた名エッセイスト・吉田兼好は「季節の推移は何事によらずよい」という主義の持ち主だから、徒然草の中で冬に見所をきちんと発見している。

さて冬枯れのけしきこそ、秋にはをさをさおとるまじけれ。汀《みぎは》の草に紅葉の散りとどまりて、霜いと白うおける朝《あした》、遣水《やりみず》より烟《けふり》の立つこそをかしけれ。年の暮れはてて、人ごとに急《いそ》ぎあへる頃《ころ》ぞ、またなくあはれなる。すさまじきものにして見る人もなき月の、寒けく澄める廿日《はつか》あまりの空こそ、心ぼそきものなれ。

（十九段）

兼好は、冬だって秋に対してひけはとらないといっておいて、おもしろい景物や人びとの様子を描き出していく。まず第一は池の水際になお姿をとどめている紅葉と、白く置いた霜のとり合わせ。いろどりの対比と、去っていく季節とやってくる季節の重なりが彼の心を引くのだと思われる。

また庭の中に引き入れた遣水から水蒸気が立ちのぼるのもおもしろいという。

最近は地球がだんだん温暖化してきて、わたくしどもが子どもだったころに経験したような寒さは、少なくなった。しかし少し前までは水蒸気が立つ風景もめずらしくはなかった。その異様な生態も冬ならではのことで、無邪気な風物の発見といえるだろう。

それにくらべると、つぎの年末の忙しそうな人びとの往き来は、霜や水蒸気とはちがった人間の冬景色だが、この〝人間歳時記〟も兼好の関心の中にある。

じつは、徒然草の別の段で兼好は冬の経験をつぎのように報告している。

神無月のころ、栗栖野といふ所を過ぎて、ある山里にたづね入る事侍りしに、遥かなる苔の細道をふみわけて、心細く住みなしたる庵あり。木の葉に埋《うづ》もるる懸樋《かけひ》の雫ならでは、つゆ訪《おとな》ふものなし。閼伽棚《あかだな》に菊・紅葉など折り散らしたる、さすがに住む人のあればなるべし。かくてもあられけるよと、あはれに見るほどに、かなたの庭に大きなる柑子《かうじ》の木の、枝もたわわになりたるが、まはりをきびしく囲ひたりしこそ、少しことさめて、この木無からましかばと覚えしか。

（十一段）

陰暦十月といえば、冬に入ったばかりのことである。いかにも冬さびた山里の奥に、音をたてるものは懸樋ばかり、仏前にそなえる水をおく棚にはあわれ深く残菊や紅葉をとどめる庵があった、という。申し分ない冬景色である。

ところが蜜柑の木に柵をめぐらして、実がとられないようにしてあった、とつけ加える。ただ単に抒情的に風景ばかりを詠嘆しないところが兼好の真骨頂である。

先の十九段にしても、その一つとしての〝人間歳時記〟を書き記したものであった。だからつづいて、冬の月をふつう人びとは殺風景なものとして見ると前提をたてた上で、もう十二月も廿日すぎの月が落ちかかりながら見える空は、心細いと言う。

もちろん、「冬枯れのけしきこそ、秋にはをさをさおとるまじけれ」というのだから、心細い冬の月も、それとして情趣があるというのだ。

どうやら兼好の美学は、つねに固定観念を捨てよ、というところにあるらしい。冬枯れをつまらないと思いこむことをやめて、冬枯れそのもののよさを見たいと考えているのだろう。

あの山里閑居の人だって、住まいの様子からわび人だと、鵜呑みにして感心していてはいけない、という主張がみえる。

ところで、兼好の冬への注目は、さらに時代が下った十五世紀の連歌師・心敬《しんけい》においてきわまる。彼はつぎのように言う。

氷ばかり艶《えん》なるはなし。刈田の原などの朝、薄氷ふりたる檜皮《ひはだ》の軒のつらら、枯野の草木などに、露霜の氷りたる風情、おもしろくも艶にも侍らずや。（ひとりごと）

じつはこのくだりは、水について述べていて、春の水はのどかで、その様子もすぐ思い浮かべることができる。だから「不便」だという。それに対して夏の水は清水、泉、それぞれに冷えびえとしていて涼しい。また秋の水と聞くと心も冷えて清《す》んでくる、と言った上で、右のように冬について語るのである。

まずは冬の水は、水ではなく氷である。そして氷こそ水の最高にして、艶なるものだという。この、氷が艶だというのは、わたしにとって長い間むずかしかった。心敬は何を氷に見てとって、しかも艶だといったのだろう、と。

そののち、わたしが理解できたのは、近代の詩人・室生犀星が「われは張りつめたる氷を愛す」と歌っているのを読んだ時であった。この氷の緊張感、これこそが美であり、その美は艶と表現されるような美なのだ、と。辞書などでは、艶とは、さえざえとした情趣だと説明する。冴えてあるものの美しさ。それを最高にもち上げたのが心敬であった。その彼にとっては、春の水など生やさしいものなのであろう。また夏・秋の水にしても、冷えびえとしていたり清《す》んでいたりしているだけのものにすぎない。やはり冴えざえとしたものの鋭さこそが氷なのである。

その氷の実例を、心敬はいくつかあげる。刈り入れがすんで切り株だけが残る刈田に張った氷。薄く氷をかぶった檜皮葺きの軒先にできたつらら。一面枯れはてた草木に露霜がおりて氷った姿、と。

読者は心敬の見ている風景が徹底した冬景色であることに、おどろくのではないか。じつは心敬は紀州の出身である。温暖の国の人がどうして氷の美の発見者であるのか。その問いに対して、ある答えは心敬が権大僧都という位を得た僧だったから、この仏教的帰依の境地から氷の美を発見したのだという。

しかし日本の文学には古来、極北を求める美学があり、南方的な開放の精神と補完的に幅広く厚みのある日本文学を作ってきた。心敬は出身地にもかかわらず、極北を目ざす精神の上に、氷の美の発見者となったと考えられる。

冬という季節は、この、日本文学にとって重大な価値観を示唆する季節でもあった。

自己の発見

心敬の氷を代表とする美の系譜は、俳人・松尾芭蕉にもつらなっている。その様子は辞世の句をあげることによって、象徴的に知られるだろう。

旅に病んで夢は枯野をかけ廻る

芭蕉は、生をおえる最後まで、蕭条《しょうじょう》とした冬景色の中に身をさらすことがわが生涯だと心得ていたのである。

そしてその芭蕉を敬慕してやまなかった十八世紀の俳人・与謝蕪村にも、冬の生活詩がある。

貧居八詠

愚に耐へよと窓を暗くす雪の竹
閑古鳥《かんこどり》は賢にして賤し寒苦鳥
我のみの柴折りくべるそば湯かな
紙ふすま折目正しくあはれなり
氷る灯《ひ》の油うかがふ鼠かな
炭取りのひさご火桶に並びゐる
我を厭ふ隣家寒夜に鍋を鳴らす
歯あらはに筆の氷を噛む夜かな

（『蕪村句集』）

蕪村は一連の作で冬の生活を描写しようとした。

第一句は雪をかぶった竹が窓にのしかかってきて部屋を暗くする。そのことをわが愚かしさに徹底せよという暗示と受け取るというもの。第二句は夏のカンコ鳥（カッコウ）はすましたの鳴き声を出すのがかえって賤しい。むしろ伝説上で怠け者とされるカンク鳥の方がよいとして、わが身を寒苦に耐える鳥と見立てるもの。

第三句は一人でソバ湯を食べるのだから、火はそれだけの柴で足りる、というもの。第四句は紙の寝具もきちんとたたんであることが、かえってわびしさを感じさせるというもの。第五句はネズミが、氷るほどのわびしい灯油を狙って出てくるというもの。第六句は炭入れのひさごと火桶がしょんぼり並んでいるというもの。第七句は自分を厭っている隣家の者が食事を作る鍋を鳴らしているというもの。そして最後は大きく口をあけて氷りついた筆をかみ、筆先を柔らかくしようとしているというものである。

貧寒ということばがある。貧乏なことはすなわち寒いのだが、ここで詠まれた生活は、文字どおり貧乏であり、そのために冬の夜がことのほか寒い。

冬を貧乏の象徴とすることは、古く万葉集に山上憶良の「貧窮問答《びんぐもんどう》」があり、長く伝統を日本文学の上に作ってきた。蕪村はこの伝統を生かして、一つの冬の生活のありさまを創作してみせたのである。もちろん作者自身の生活のレポートではない。

だからこの中には冬の貧寒の中にありながら、自分自身を恃《たの》むところが目につく。自分は愚かである。しかし愚かでよいのだ、という自負。おつにすましたカンコ鳥より、寒苦の中にいる自分の方がよい。そんな自分だけれども、なお氷った筆をほぐして何かを訴えつづけようとする自分。そうした自負も、なまじ暖かくて物事をぼかすことなどのない冬に、いやおうなく対面した自分がかちとったものであろう。

そう居直ると粗末なソバ湯も紙ふすまも、鼠もまた炭取りも火桶も、わがしたしき友となる。ふだんは犬猿の仲である隣人のいやみさえ、気にならなくなる。

あいまいさも、ごまかしも、すべてがそぎ落とされて、それこそ冴えざえとした物の輪郭を鏡として自分を発見することのできる季節が、冬であった。心の季節といったものを古典から汲みとることもまた、大事であろう。

人間とことば

世のことも知らず　枕草子と伊勢物語の人間観察

古典のマンション風景

ふつう古典というと、昔書かれた作品のことである。いうまでもないだろう。

しかし、古典の作品も、それが書かれた時には現代のものだった。これまた当然のことだが、このことを忘れている人は、意外に多いのではないか。源氏物語だって、たとえ時代を過去にとって書かれたとしても、その現代に書かれた小説だった。

現代人そのままの心の葛藤も描かれたし、事件はいつ起こってもふしぎでないように、ありふれた事件でもあった。

落窪物語という平安時代の物語には、土地の権利書が出てきて、それを持っていたために悪をこらしめて無事、弱いものが勝つといった痛快な話もある。

古典を読む時に、いちばん大事なことは、その作品をまずは現代作品として見る、ということだと思う。

古典をとかくロマンチックに考えたり、生活感がなくて霞《かすみ》を食べている人たちの物語のように思ったりするが、それは間違いである。

こうしたことを前提として古典を読むと、古典は、ぐんとおもしろみを増すにちがいない。問題は、古いことばで書かれているから、知識が多少、要求されるだけのことだ。この垣根を飛びこえれば、あとは自由に作者と対話すればいい。その時、古典はすばらしい魅力を発揮するはずだ。

以下、少しずつ古典を読んでみよう。

まず枕草子の本文をかかげる。

あなた、こなたに住む人の子どもの、四つ五つなるはあやにくだちて、物など取り散らして損《そこな》ふを、常は、引きはられなど制せられて、心のままにもえあらぬが、親の来たるに所得て、ゆかりがりたる物を、「あれ見せよや、母」など引きゆるがすに、大人《おとな》などの物言ふとて、ふとも聞き入れねば、手づから引きさがし出でて見るこそ、いと憎けれ。それを、「正無《まさな》」とばかりうち言ひて、取り隠さで、「さなせそ」と「損ふな」とばかりうち笑《ゑ》みて言ふ親も憎し、われはた、えはしたなくも、言はで見るこそ心もとなけれ。

（百五十六段）

十一世紀のはじめに書かれた名エッセイである。

作者・清少納言は宮廷に仕えた女性だったはずだが、ここには、まるで当今のマンションでのありさまのような描写がある。四、五歳の子どもをつれて母親が近所の友だちの部屋におしゃべりに来ている格好である。子どもは好奇心が旺盛だから、手あたり次第に物をつかんでは放り散らかして壊してしまう。「あやにくだちて」というのは、いかにも迷惑な気持ちが現れている。

しかも子どもだけが遊びに来ている時は止められて、そうそう自由にはできないのだが、母親といっしょの時は勢いにのって、ほしい物を「ねえ見せて、お母さん」などといっては母親の体をゆする。

もう、ここまで読んできても、子どもの態度のみごとな観察ぶりにはおどろかされるではないか。母親といるばっかりに、わがままが強くなる子ども。母親を「引きゆるがす」様子など、目に見えるようである。

そしてさらに、観察はいっそう鋭くなる。母親は話に熱中しているから、子どものことばは耳に入らない。そこで子どもは勝手に物を引っぱり出して見る。それがとても憎らしいと作者はいう。

この時作者は子どもにいたずらされる側だろう。はらはらしながら子どものいたずらに気をくばっているのだが、肝心の母親はもうしゃべるのに夢中で、こちらの心配など、さらさら気づいていない。相手がろくに聞いていなくても、まったく関係ないのである。会話などしているのではない。言いたいことを言うだけのことだ。

また、いたずら盛りの子をもつ母親は日ごろいたずらに馴れているから、いつか鈍感になっている。反対に、こちら側は子をもったことがないか、あってももう何年も前のことで忘れているのだろう。このみごとな対照ぶりが、またおもしろい。

母親にしても、多少は子どもに声をかけることもあるらしい。しかしただ「だめよ」というだけで取り上げるなどということはしない。「そんなこと、してはいけません」「壊しちゃだめよ」と声はかけるが、こちらの気持ちを察していうわけではない。だから笑いながら言うだけの話だ。こっちとしては、憎らしい、と思うばかりでいる。

このような母親像は、やはり同性の者でなければ観察できないだろう。こと細かな描写にはおどろくばかりである。

いや、こうした批判を、いちずに被害者側からすることは、簡単だろう。最後にさらに一言加えるところが清少納言のすぐれたところで、母親を憎らしいと思っているだけの自分も観察の対象となる。何とか言ってやめさせたいのだが、さて他人の子を親の前でとがめだてすることも、気がひける。言うのははしたない。そこで黙って見ているしかない。その時の気持ちの、何と落ちつかないことよ、と思う。

よく枕草子を「おかし」の文学といって、「あわれ」の文学と称する源氏物語と対比して考えることがあるが、どうだろう。右のような描写を「おかし」の文学といってよいものか。たしかに陰湿ではないが、人間観察の踏み込みは人情の機微にまで入りこんでいて、軽いタッチの人生模様を描いていくといったものではない。

だから先刻も述べたように、現代のマンション風景と寸分変わらぬありさまが描き出されることになる。

いやマンションにかぎらない。幼稚園児の送り迎えの母親がいつまでも立ち話をしていて、退屈した園児があれこれと悪さをしているのとも、変わらない。

いったい、どうしてこんな描写——定子中宮に仕えて宮廷生活を満喫した彼女としてはいささか不似合いな庶民的描写が登場してくるのだろう。

枕草子を読んで感じることの一つに、清少納言の人間への目というものがある。人間への言及は、一書の中にけして少なくない。とりわけて、人間だれでも人から嫌われたいと思う人間など、いるはずがないが、おのずからに好まれる人、嫌がられる人ができてくるのはかなしい、などと発言されると、みんな清少のファンになってしまうのではないか。

あるいは、わが子を法師とした母親はかわいそうだという段。子が苦しい修行をするのは母にとっていかに悲しいかと述べるほどの、清少納言の人間への思いやりは、人情の裏と表に、深く心遣《こころや》りをした人物だったことを示している。


清少納言は孤独だったのだろうか。

枕草子を読むと、彼女の周辺には当時の朝廷を代表するような、きらびやかな男性がひしめいている。書家としても有名な藤原行成をはじめとする人びとである。

ところが彼らは清少の才能をもてはやしはするが、けして女性としての清少を愛していたのではない。むしろ彼女が心を許していたのは、「兄人《せうと》」とよばれる橘則光《たちばなののりみつ》であった。小物である。才女が、そんな皮肉な愛にしか恵まれないのは、世の通例だろうか。

わたしが、現代でも庶民生活の中に見られるような人間模様が枕草子に登場すると言ったのは、そんな、才女であるための孤独、その結果の気苦労が、彼女を「人間通」にしていったものだったらしい。

伊勢物語とノーブレス・オブリジ

「人間通」といえば、もっとも深い心根でさまざまな人間観察をする古典が伊勢物語である。とにかく江戸時代、伊勢物語は女性の嫁入り道具でさえあった。この中には男性と女性の間の心の機微がたくさん書かれているから、これを読んで、家庭での夫との関係を上手に作っていく心構えを身につけなさい——そういう親心があったからだ。

恋愛論はいまでもよく書店で見かける。男女の恋愛は、いつの時代にも人びとの関心の的であり、すばらしい恋愛を求めない人はいない。恋愛論は最上の幸福論だともいえる。わたしたちが若いころは、恋愛論といえばスタンダールのものだった。伊勢物語は平安時代の、スタンダールの『恋愛論』だったのかもしれない。

そこで伊勢物語の愛をのぞいてみよう。

登場人物の紀有常《きのありつね》という人は伊勢物語の主人公のモデルといわれる在原業平《ありわらのなりひら》の妻の父で、仁明《にんみょう》、文徳、清和の三代の天皇に仕えて六十三歳で没した（八七七年）。

むかし、紀有常といふ人ありけり。三代のみかどに仕うまつりて、時にあひけれど、のちは世かはり時うつりにければ、世の常の人のごともあらず。人がらは、心うつくしく、あてはかなることを好みて、こと人にも似ず、貧しく経《へ》ても、なほ、むかしよかりし時の心ながら、世の常のことも知らず。年ごろあひ馴れたる妻《め》、やうやう床はなれて、つひに尼《あま》になりて、姉のさきだちてなりたる所へゆくを、男、まことにむつましきことこそなかりけれ、今はとゆくを、いとあはれと思ひけれど、貧しければ、するわざもなかりけり。

（十六段）

有常は三代にわたって、時に会ったと言う。時流に乗ることができて、もし惟喬親王が天皇になれば、彼は天皇の祖父となり、大きな権勢を振るうことになる。

ところが惟喬親王は天皇になれなかった。当然、有常は勢力を失墜する。そのことを「世かはり時うつりにければ」と言うのである。

しかし有常は、そうなっても通常の人とちがっていた。そこがこの部分の中心のテーマで、有常は昔ながらの高貴さを、そのまま持続したのだという。

ふつうだったら、権勢を失うとついつい卑屈になり、新しい権力者におべっかを言うようになるが、彼の人格は、心うつくしく高貴なことを好んだ。

この「あてはかなり」ということばの中心の「あて」は平安時代にもっとも理想とされた美である。漢字の「貴」にあたる。

権力を失うのだから、当然収入も少なくなり、貧乏になる。世間には「貧すれば貪《どん》する」という諺があるように、貧乏になるととかく浅はかになるものだが、有常は後年も羽振りがよかった時の心のままに生きた、という。

まさに「あて」であることを捨てなかったのである。欧米には「ノーブレス・オブリジ」ということばがあって「高貴なるものの責任」と訳される。高貴なものにはそれなりの責任をもった振る舞いが求められる、という考えだ。

有常は、「ノーブレス・オブリジ」に生きたといえるだろう。

ここで本文に「世の常のことも知らず」とあるのを味わってほしい。庶民のことは無知だった、などというのではない。「ふつうレベルの人がするようなこととは一切無関係だ」というのが、古語の意味である。

自分を普通人だときめてかかれば、ほどほどのことをしていればいい。それほど金がかからないだろう。しかし伊勢物語は、そんな生活感覚とはおよそ縁遠いのである。また、通常の人のようにおべっかを使ったり、地位の回復に奔走したりすることもしなかった。

「知らず」ということばは、今日では知識のないことしか意味しないが、しいていえば今日の「あずかり知らない」という「知る」に近い。

さて、そんな有常だから、妻まで家を出て尼になってしまい、先に尼になった姉のところへいく。しかしその時も有常の心根はやさしい。「今までほんとうに睦まじい仲とは言えなかったのに、いよいよ別れだ」と過去をかみしめる。しかし貧乏だから、それを引きとめるわけにもいかない。

それでも、じたばたしないのである。

もし読者の中で「いや反対だ。オレは最後まで戦う」という人もいるだろう。わたしはその生き方を否定するつもりはない。

しかし一方、このように誇りに生きる生き方もあることを知る必要もあるだろう。時との戦いには敗れた。最後まで時流に乗って権勢をつらぬいて死ぬわけにはいかなかった。しかし、その時には、心の戦いにおいて勝つという方法が残されている。

誇りを捨てて、世の笑い物となることを選ぶか、誇りを堅持して「あの方はほんとうに高貴な人であった」と世の賞賛を得るか。

この賭けのどちらを皆さんは選ぶか。自分が卑屈さを味わわなくてすむのは、後者である。伊勢物語はそうした、いちだんと深い人生の味わいを尊重しているらしい。そのことをマンション風景といったものと並べて、考えてほしいものである。

わが子羽ぐくめ　成尋阿闍梨母集と万葉集の母

渡宋する子と母

いつの時代でも、母親が子どもをかわいがる気持ちに、変わりはない。世の中で母性愛が最高の愛だとされることも、当然であろう。

古典の中にも、母親の子への愛を伝える、うつくしい文章がある。

平安時代の中ごろ、例の紫式部や清少納言が活躍した少し後の時代に、成尋《じょうじん》という高僧がいた。彼は家柄もよく父方からは藤原実方《さねかた》の孫、宇多天皇から数えても六代目の子孫になり、母は源俊賢《としかた》の子、醍醐天皇から四代の孫になる。

そんなこともあって当時の人びとに人望があつく、後冷泉院が病気の時は、その祈禱も行うほどであった。

ところがそのさ中に、成尋は中国、当時の宋に渡る決心をする。高僧の誉れたかく、しかもこの時五十九歳。何もいまさら中国へ渡らなくてもよいと思われるが、しかし高僧なればこそ、さらに仏法修行の意志は固く、本場をおとずれたいと願う気持ちも、よくわかる。

成尋の心はりっぱなのだが、さて成尋の母親は、それを心配する。もう子どもは五十九歳、還暦近い子を心配するのはおかしい、という人がいるかもしれないけれども、それは他人の言い分である。いつまでたっても、子は子なのだ。

しかも母はこの時八十二歳。自分の方こそ心配だが、母親はそんなことは考えない。

余談で恐縮だが、わたしの同僚が、かつてこんなことを言っていた。「オレは田舎へ帰るのが嫌だよ。『ちょっと煙草買ってくる』といって出かけようとすると、オフクロは『ころぶんじゃないよ』って言うんだ」。

彼はもう六十歳をすぎた大教授である。しかし母親はまるで四つか五つの子どもに対するように「ころぶな」と言うらしい。母親がぼけたわけではない。成尋の母の場合も、同じであったろう。

さて、この事件にあたって、成尋の母は当時のいきさつと、その折々の和歌を書きのこした。「私はもう年も八十になったが、大事件が起きたので書きしるしてみた」と書き出している。大事件とは、わが子の渡宋のことだ。この作品が『成尋阿闍梨《あじゃり》母集《ははのしゅう》』一巻である。

本文を掲げてみよう。この時、成尋は母を一人にしておくことが心配で、京の仁和寺に住まわせることにした。そうした上で成尋は着々と船旅の準備をすすめる。そのころの記事である。延久三年（一〇七二）二月一日から三日にかけてのことになる。

その朝《あした》、文《ふみ》おこせ給へる。つらけれど急ぎ見れば、

「夜のほど何事か、昨日《きのふ》の御文見て、よもすがら涙もとまらず侍りつる」

とあり。見るに、文字もたしかに見えず、涙のひまもなく過ぎて見ず。

からうじて起き上がりて見れば、仁和寺《にわじ》の前に、梅の木にこぼるるばかり、咲きたり。居《ゐ》る所など、みなし置かれたり。心もなきやうにて、いづ方《かた》西なども覚えず。目も霧《き》り渡り、夢の心地して暮らしたるまたの朝《あした》、京より人来て、

「今宵の夜中ばかり出で給ひぬ」

と言ふ。起き上がられで、言はん方なく悲し。

またの朝に文あり。目も見あけられねど、見れば、

「参らんと思ひ侍れど、夜中ばかりにまで来つれば、返す返す静心《しづごころ》なく」

とあり。目もくれて心地も惑ふやうなるに、送りの人々集まりて慰《なぐさ》むるに、ゆゆしう覚ゆ。

「やがて八幡《やはた》と申す所まで船に乗り給ひぬ」

と聞くにも、おぼつかなさ言ふ方《かた》なき。

船出する淀の御神も浅からぬ　心を汲みて守りやらなむ
と泣く泣く覚ゆる。


冒頭に「昨日の御文」とあるのは、前日に母が成尋に出した手紙をさす。そこにはわが子の渡宋を思いやる気持ちと悲別の情が、何首もの歌によって記されていた。成尋はそれを見て、母の容態を案じ「夜の間御無事でしたか」と手紙をよこしたのである。

成尋は、何も身勝手に出かけようとしているのではない。じゅうぶんに母を気遣い、出発が近づくとこのように母に手紙を書き、自分の留守中の母の住まいも、快適なようにと美しい梅の木が見える仁和寺の一角に用意したのである。「参らんと思ひ侍れど」というところを見ると、最後にもう一度別れを惜しもうとした節もある。出発は夜中になってしまったので不可能になったことを「静心なく」(落着かない)といっている。

母はますます心が乱れる。この文中に、悲しみを表すことばが何度使われているか、数えてほしい。

しかし出発は否応なくおとずれる。八幡から船に乗るというのは、当時の習慣で、いま岩清水八幡宮のあるところから船で淀川を下り、大坂の港に出た。

乗船に先立って見送った人びとが母を尋ねてくれる。せめて母親をなぐさめたいという心くばりだが、母としてはかえって別離を実感することになるだろう。ここに使われた「ゆゆし」ということばは不吉さまでも表す。そのことばにまで激越に高まってゆく悲しみの経過も、よみとることができる。

しかし別離が現実となると、人間はどうするか。神の加護を祈る心へと移ってゆくのも、悲しい愛の過程である。

じつはもう一つ、こんなに母子を悲しませる理由がある。成尋の母は十歳あまりのころに母を失っている。さらにまた、彼女は若くして結婚、二子をもうけるが、夫も早ばやと他界してしまう。二子を抱えて彼女が未亡人になったのは、二十代の半ばだと思われる。

そのことも作用したのだろう。彼女は二人の子を仏門に入れた。父を失った男子は出世の道がたどたどしい。そのことと、人生への断念が彼女にはあったらしい。

こうした彼女の薄幸が、よけいわが子との愛を深めたはずだ。そして成尋自身も、よく母と自らのまわりの愛の薄さを身にしみて感じていただろう。母子、身をよせ合うようにして生きてきたいきさつがあった。

いま成尋を遠国に手放すこととなった母は、とうぜん過去の愛の薄さを思い起こしていたであろう。高僧にまで生い育った子との生活は、過去の不幸をようやく忘れさせようとしていたのではなかったか。それをまた現実のものとした渡宋が、身を切り刻むほどに悲しかったのである。

万葉の祈り

ところで、このようにわが子を外国へやる悲しみは、成尋の母ばかりではない。さらに古く万葉集の中にも、同じ悲しみが歌われている。

まず歌をあげよう。

天平五年癸酉《きいう》、遣唐使《けんとうし》の船の難波を発《た》ちて海に入りし時に、親母《はは》の、子に贈れる歌一首
并《あは》せて短歌

秋萩《あきはぎ》を　妻問ふ鹿《か》こそ　独子《ひとりご》に　子持てりといへ　鹿児《かこ》じもの　わが独子の　草枕　旅
にし行けば　竹珠《たかたま》を　しじに貫《ぬ》き垂《た》り　斎瓮《いわひべ》に　木綿《ゆふ》取り垂《し》でて　斎《いは》ひつつ　わが思ふ

吾子《わがこ》　真幸くありこそ

反歌

旅人の宿りせむ野に霜降らば　わが子羽ぐくめ天《あめ》の鶴群《たづむら》

（巻九、一七九〇・一七九一）

天平五年（七三三）には大々的な使節団が中国へ派遣された。時の天皇は聖武天皇という英主である。

聖武天皇の行政には三つの大きな目標があった。一つは仏教による政治原理の統一。そのために東大寺に巨大な仏像が誕生した。仏教では、この仏を中心として太陽があまねく世界を照らすと考えた。そのとおりに聖武天皇自身を中心として光り輝く日本を作ろうとしたのである。

第二は国際文化の建設。じつは遣唐使はそのために派遣された。当時中国は唐の時代で、唐時代とは、中国が歴史上もっとも広い領土をもった時代である。いきおい周辺のさまざまな文化が中国文化を作り上げた。それを日本に導入すれば、日本は国際文化をもつことができる。聖武天皇はそう考えた。

そして第三は、一見矛盾するように見える伝統文化の尊重。そのためにやまとことばによる万葉集が編集され始めることとなった。

国際性を獲得するためには、それを取捨選択する主体が必要となる。それが伝統性であった。ところで和歌とは、個人の心の歓びや悲しみを表現するものだから、大きな国家的な号令の中で、国際国家を目ざす使節団派遣が、じつは個々の人間にとってはどういう作用を果たすのかを、はっきりと証明することとなった。

いかに国際国家ができても、わが子を外国へやる母親には別離こそが問題なのである。戦争も同じである。国運を賭けて戦争をするのが国家として不可避な場合もあるだろう。しかし戦うのは個人個人の人間であり、そこには死別さえ覚悟する家族との別離がある。そのことを歌った有名な作品が与謝野晶子の「君死にたまふことなかれ」であった。

万葉集の和歌も同じで、母にとってみれば、遣唐使とは子との別離しか意味しない。しかもこの子は一人子だったから、なおのこと悲しかった。鹿は一匹だけ出産する。そのようにわが子も一人だと歌いはじめるのは、人間にとって一人子がいかにも不本意だという、いささかの不運の嘆きも、あるからだろう。

しかしそういっても、わが子はすでに旅立っていってしまった。この上は祈るしかない。さっきの成尋の母の、離別後の行動を語るかのような内容である。

竹で作った管珠《くだだま》をたくさん紐に通して垂らし、神に供える瓶《かめ》にも繊維をいっぱい垂らして、神に祈りをささげる。「わが子よ、無事でいてくれ」と。

その上に、さらに反歌を歌いそえる。——わが子が唐に渡ったら、野宿をするであろう。その野には霜が降りるかもしれない。そうしたら天空を飛ぶツルの群よ、舞いおりてわが子を羽で包んでおくれ。

また余談めくが、以前ソ連映画「静かなドン」を観たことがあった。遠い農場へ出かけた農夫は車の上に身を横たえ、毛布をかぶって夜をすごす。明け方近くなると髪や眉毛に雪が降って白く積もった。この歌を目にするたびに、私はいつもこのシーンを思ってしまう。

万葉の作者が想像しているのも、このように茫漠と広がる大陸の原野であろう。未知の、それなりにとりとめもない曠野が地球規模で広がっていただろう彼女の幻想は、想像するに難くない。

そしてまた、この夜の虚空をツルが群をなして飛翔する。ツルは当時日本にもシベリアから飛来していたから、その姿の想像は確かなものであった。

だからこちらの方は曠野とちがって、より確実に彼此《ひし》を結ぶものとして幻視された。もしかしたら、作者の目にするツルが、唐の大空にも飛んでゆくと思ったかもしれない。とりとめもない大陸に、せめて確かな手がかりを与えてくれるものが、天の鶴群だったことになる。

だから作者は知識によって歌っているようにも見えるが、そうではない。万葉の時代には、人間と鳥や花との関係がもっと密接であった。

「わが子羽ぐくめ」という願望が、例の「焼野の雉《きぎし》　夜の鶴」という成句にもとづいていることはいうまでもない。野焼きに会うとキジはわが子をかばって、共に焼かれるという。同じようにツルは、夜の寒さから子を守って羽で包むという。ともに親の情愛の深さをたとえたものである。

万葉時代には東国から徴集されて九州を守るために派遣される兵士がいた。防人《さきもり》という。ここにも家族と防人との別れの悲しみが生じたが、ある父親は、

家にして恋ひつつあらずは汝《な》が佩《は》ける　大刀になりても斎《いは》ひてしかも

「家で恋しがっているより、お前が身につける大刀になって、お前を守ってやりたい」という（巻二十、四三四七）。それほどだから、遣唐使の母親も、ツルが自分とまったく無関係だと思っているわけではない。

もちろん自分が化身するのではないが、願いは聞きとどけられ、子をいつくしむ情をひとしくするものとして、実現は可能だと思っていたのである。

いや、この不可能も可能だと信じようとする愛の深さが、いまはもっとも大切な見どころである。

愛は祈りでしかない、という言い方さえできるのだから。

あまり思ひしみけむ　狭衣物語と父の終焉日記の愛

愛へのおののき――狭衣物語

一口に愛といっても、男女の性愛、同性どうしの友情また父母の愛と、さまざまである。人間と人間のあいだをめぐる心の模様が、いろいろな愛を生むことは、今も昔も変わらないはずだ。

日本の古典の中にも、愛は豊かに語られ、今のわれわれの姿とそっくりである。そのことを、少し見ることにしよう。

つぎにあげるものは十一世紀の作品、狭衣《さごろも》物語の一節で、主人公の狭衣中将が源氏の宮とよばれる女性のもとを訪れた時の描写である。二人は兄妹同様に育てられたが、その兄妹のような親しさが、異性への愛へと少しずつ変化してゆく折りのものである。

昼つかた、源氏の宮の御かたに参りたまへれば、白き薄物の単衣《ひとへ》着たまひて、いと赤き紙なる書《ふみ》を見たまふ。御色は単衣よりも白う透きたまへるに、額の髪のゆらゆらとこぼれたまへる、裾《すそ》はやがて後《うしろ》髪とひとしう引かれいきて、こちたう畳《たた》なはりたる裾のそぎ末、幾年《いくとせ》を限りに生ひゆかむとすらむと、所狭《せ》げなるものから、たをたをとあてになまめかしう見えたまふ。隠れなき御単衣に御髪《みぐし》のひまひまより見えたる御腰つき、腕《かひな》などのうつくしさは、人にも似たまはねば、「あまり思ひしみにけむわが目からにや」と目守《まも》られて、例の胸はつぶつぶと鳴り騒げど、よく忍びかへして、つれなくもてなしたまへり。

大意を書いておこう。

狭衣が宮を訪ねると、宮は白い薄織物の単衣を身にまとって読書中だった。肌の色は着物の白さ以上に白々と着物をとおして見える。そこへ額から左右に分けた髪がゆらゆらとこぼれかかっていたが、髪の先はそのまま背に流れる髪となって、豊かに重なった髪の先は、どこまで伸びてゆくのだろうかと思われるほどだった。髪の多さは、多少、仰々しくも見えるが、それでも、しなやかに上品で、優美である。

単衣の着物は薄物だから、髪の間からすっかり見える腰つきや腕の愛らしさは、他人と比べようもない。しかしそれも「すっかり思いこんでしまった、私の欲目からだろうか」と反省しつつじっと見つめていると、いつものように胸がどきどきしてくる。けれども、じゅうぶん気持ちを抑えて、何気なく振る舞っていらっしゃった。

さて、これを読んでどう感じただろうか。まず、髪の美しさに、これほど筆をついやして細かい観察を書き記していることに、驚かないだろうか、額から振り分けた髪は、ゆらゆらとこぼれているという。「髪がこぼれる」という表現は、一筋一筋の髪の動きすら読者にとどけてくれる。

そして「額の髪」と「後髪」と、区別されるよび名をもつ。それでいて一つづきの流れを、二つの髪は作るという。

当の女性、源氏の宮はまだ若い。だからあり余るほどに髪の毛は多い。どんどんどこまでも伸びる生命力を秘めているとさえ感じさせる。

それでいて、あまり多すぎるのは当時の美意識に合わない。たとえば堤中納言物語には虫大好きの少女が登場するが、彼女はゲジゲジのような眉をしていたという。それなども太すぎる眉が風変わりな少女に似合うというユーモアである。

ただ、ここでは仰々しい髪も、やはり、しなやかで上品、また優美だというのが結論である。残念ながら髪が短くなってしまった現代の女性について、現代小説はもはや髪の美を語ることができなくなった。それはそのまま、一つの女性の美の喪失といえる。

古典にあっては、むしろ髪はエロスの象徴でもあった。この狭衣の髪への関心は、性的な心の傾向を語るものでもあったから、これほど熱心に見つめることとなったのであろう。

いや、髪を美しいと思う人の目には、事実としての愛はどうあっても、美への感動は変わらないだろう。むしろ現代人が髪の美を語らなくなったのは、恋する相手への心のおののきを、忘れてしまったからだといえる。愛があるからこそ、髪が美しいと思えるのである。

つぎに、作者は薄物を透けて見える女性の肉体の美しさを、率直に語る。しかも着物の上を髪が蔽《おお》っている。さっきエロスの象徴だといった髪と、肉体そのものの曲線が重なって男性の目にとびこんでくる。もう男は堪えがたい。いつも胸は、つぶつぶと鳴り騒いだという。

ごく常識的に、現代小説は肉体を描写するが、古典はとてもストイック（禁欲的）で、肉体からは目をそらしている、と思っていないだろうか。

それは間違いである。古典も出来上がった時は当代の作品であり、きれいごとに万事を流してしまっていたのではない。とくに恋愛がテーマなら、肉体の描写は濃厚なはずである。

髪にしても腰つき、腕にしても、すべて恋人への賛美という、愛を語る素材だったのである。それでいて、古典の男女は、奔放に愛を貫こうとしているのではない。髪がこのように美しく見えるのは、恋しくて堪えられない気持ちからだろうかとか、胸の高鳴りをよく我慢して、そっけない素振りで振る舞ったとかと、自省する。

愛は物を見えなくするとよく言うけれども、一つひとつをちゃんと心得ていることは衝動的な愛をもう一つ超えた、さらにいっそう深い愛があることを物語っていると思われる。エロチックな髪だとか肉体とかといっても、それだけを官能的に描写する現代小説は多いが、狭衣物語は、それと同じではない。

深い自省の心をともなった、しかし消極的な愛ではない愛。

愛さえあれば、こんなにことばを尽くして相手の髪が賛美できることに、私たちは気づきたいと思うし、自省とは、さらに深い愛だということにも気づかせてくれるのが、古典である。

愛の本質——父の終焉日記

もちろん、愛はさまざまである。男女の異性愛は目立つけれども、愛は人間関係のいたるところに存在する。

つぎは江戸時代後期の俳人、小林一茶による父の終焉日記の一節である。

父の終焉《しゅうえん》とは父が亡くなることで、それを看取った一茶の日記がこれである。まず掲げてみよう。

> 二日　変起こりて、いとくるしび給ふに、母、例のあらがひに見もしむきもせず。弟は、分地このかた、父の仲よろしからず。いかに腹がはりなりとも、かくあさましくいどみあふとは、いわゆる過去敵《かこがたき》どしとも思はれ侍る。父は一茶の夜の目も寝ざるをいとほしみ給ひて、昼寝してつかれを補へ、出でて気はらせなどと、やはらかき言葉をかけ給ふにつけても、母は父へあたりつれなく、父の一寸のゆがみをとがめて、三従の戒を忘れたり。これてふも、母にうとまるるおのれが、枕元《まくらもと》につき添ふゆゑに、母は父にまで憂き目を見する事の本意なさやと思へども、かかる有様を見捨て、いづちへか背《そむ》きはつべき。

よく知られるように、一茶は幼くして母を失い、父が迎えた後妻に育てられる。継母はやがて弟を生む。そこで継母との関係がうまくいかない。一茶は亡き母を慕って少年期をすごし、継母は弟をかわいがり、後年には父の財産の配分争いにまで発展する、険悪な仲となった。

争いは何年もかかり、父の臨終の床に及ぶ。それが右の冒頭で、体の異変があって父が苦しんでいても継母は見向きもしない。弟も財産分けの争い以来、父とも不仲である。ということは、父は公平に分ける建前から、すべてが欲しい母子に対して、一茶に同情する気持ちもあったのだろう。そんな敵どうしが相手を許さない様子を、一茶は前世の因縁だとさえ思う。

父は一茶の夜も寝ない看病に感謝して、昼寝をせよ、外にも出て気を晴らせとやさしいことばをかける。ところが、継母はそれにつけても父につらく当たり、ちょっとした間違いもとがめて、婦人の徳というものをすっかり忘れている。

なぜそうなるのか。これも継母から疎《うと》まれる自分が枕元につきっきりで看病するから、父にまでつらい目を見させるのかと一茶は思う。まことに不本意なことだ。

しかし、不本意だからといって、父を捨てて出ていくわけにはいかない。

こうした、地獄のような人間関係を、最初から望む人はだれ一人いないだろう。母を死なせた病気。父が後妻を迎え、子が生まれると継母は何かと先妻の子とわが子を比べてしまう。父は父で母を失くした子にあわれみの心をもってしまうから、よけい可愛がる。それが継母には気に入らない。

一茶がそんな継母になつくはずはない。ぷいと家を出て江戸へ行ってしまい、肉親の情が恋しくなって故郷へ帰ってきた一茶を、継母は継母で身勝手だと思うだろう。

何しにいまごろ帰ってきた、財産目当てに他ならない、せっかく三人が水入らずで暮らしていたのに、ということになる。

このどの一つをとっても、人間としてごくふつうの人情に見える。ところがそれが絡み合うと悲劇が起こる。

おまけに権利の主張、財産の分与といった社会的な係争まで入ってくると、平凡な人情ががぜん、衝突をおこし、愛は憎しみに変わる。「惜しみなく愛は奪う」というのが愛の常道である。私たちはこの終焉日記を読むと、一見うるわしく見える愛というものが、いかに狭量のものであり、排他的な感情であるかに気づくだろう。継母はやみくもにわが子が可愛い。ただそれだけで一茶を憎む。一茶にやさしくする夫まで憎む。子もただそれに従っている。

継母を教養のない欲深な女だといい捨てることは簡単だけれども、そのような教条主義は、貪欲で狭量を本質とする愛の本性を、見抜いていないことになる。

一茶自身だって大同小異である。このように父を苦しめるのなら、財産分与などあっさり取り下げて継母のいうとおりにしておけばいい。そのことはせずに、分与は不可欠のこととして、それによってつらい目をする父に同情し、この父を捨てられない、と思うところにも、我執《がしゅう》がある。

当の父とてそうだ。何もグチをこぼさずに心で泣いて一茶を斬り捨てれば、解決の方法もあるだろう。なまじ両方公平にと思うことが、百パーセント周囲を幸福にすることでなければ、「公平」という美しい大義だって放棄しなければならないのかもしれない。

そう思うと、愛ほど厄介なものはない。そのことをまざまざと、地獄絵として読者に見せてくれるのがこの一節であろう。

それでは愛などという代物は、人間にとって不要なものなのだろうか。いやむしろ逆に、右にあげた一人ひとりの場合が、ごく平凡に他人に働きかける自然な人間の関係だとすれば、愛することとは生きることだとさえ言うべきだろう。だから、愛がもつ毒をじゅうぶんに見すえ、読者に訴えるものとして終焉日記を読まなければならないことになる。愛と憎しみとは、背中合わせで一つのものだということも、十分に教えてくれるだろう。

さらに、わたしたちには社会という枠ぐみがある。たくさんの人がそれぞれに生きていく上での約束を、社会とよんでよいだろうか。いま問題となっている財産の分与という社会上の事柄が関与してくると、愛はいっそうややこしくなる。逆にいうと、愛を社会的事件にからませて訴えるのが、この古典である。

社会上のルールは愛にとって否定的である。愛をすべて排除しないと、裁定はできない。要するに愛とは二者の間にしかない。利害を共にする二人の人間が、お互いに交わし合う財産、共有財産が愛だということも、この一節は教えてくれる。法律的裁定は満足を一人に与えると、他方はきまって不満足なのだから。

この満足という代物もまた、他人への期待という愛なのである。

そう思うと、改めて終焉日記の父への一茶の献身的な愛、それに応《こた》える父のねぎらいが心を打つ。

父の間近かな生命の終わりを二人とも自覚すると、過去がつぎつぎと思い出されてくるのだろう。愛うすかったわが子への不憫《ふびん》さ。最後に思い切り甘えてみたいわが子。これも母の死という不幸が生んだ過去の何十年かであってみれば、そのことへの口惜しさも加わって、生涯の何十年間をいまとり戻したい気持ちが二人にはある。

愛は憎しみと裏表だったり、たっぷりと毒を含んでいるにしても、やはり愛こそが人間の原点なのである。

狭衣物語には、それなりの異性愛の美しさがあるが、さらにそれを超えて、愛の深いしがらみとしての存在を終焉日記は語る。

古典とは、こうした人間の原点への問いかけを訴えてくれるものである。

涙さへ時雨にそひて　伊勢集と増鏡の自然と人間

「自然」とは何か——伊勢集

わたしたちは山や川、また木や草などのすべてを称して「自然」という。

しかしこのことばが、明治以前にはなかったことを、知る人は少ないのではないか。明治以前に自然というと、「おのずから」という意味で、「自然にそうなった」とか「そう考えるのは自然だ」といった表現をされることばだった。

英語で説明した方がわかりやすいだろうか。人間に対するネーチャという英語が日本に入ってきた時、ときの知識人が自然という日本語をそれに宛てた。それまでの自然は英語でもナチュラルだとか、ナチュラリティというのと同じ意味だったのである。

さてそうなると、明治以前の人——かりに古典人とよべば、彼らは、現代人とはまったくちがった見方をもっていたことになる。どういう見方なのだろう。そう考えながら、古典を見ることにしよう。

平安時代に伊勢とよばれる女流歌人がいた（九三九年ごろなくなった）。その人が書きとめた文章を伊勢集という。

その中の一つに、つぎのような話がある。

そのころ一人の女性が宮廷にお仕えしていた。この女性に、ときの皇后の弟にあたる男が熱心に求愛したので、女性はとうとう結婚してしまった。

女はもし結婚したら、親がどう思うだろうと気にしていたし、事実、親は結婚してしまった娘に「結婚する因縁があるのだろうが、しかし若い人は、とかく頼りにならないものだよ」と言った。

じつはそのとおりで、やがて男は女を捨てて、ときの大将の娘婿《むこ》になってしまった。出世に便利な道を選んだのである。

さてその後を伊勢集はつぎのように綴《つづ》っていく。

親聞きて「さればよ」と思ひけり。女かぎりなく恥づかしと思ふほどに、この男のもとより、女の親の家は五条わたりなるに来て、柿の紅葉に、かく書きつけたり。

人住まず荒れたる宿を来てみれば　今ぞ木の葉は錦おりける

女いと心うきものから、あはれにおぼえければ、

涙さへ時雨にそひてふるさとは　紅葉のいろも濃さぞまされる

と書きて、ねずみもちにつけてやりける。九月《ながつき》ばかりのことなるべし。男も見て、かぎりなく愛《め》でけり。

大意はこうだ。娘から事情を聞いた親は「やっぱり思ったとおりだ」と思う。娘がこの上なく恥ずかしく思うのも、当然だろう。

ところがある日、男のもとから一首の歌が送られてきた。男は先だって女の家をおとずれたらしい。すると五条あたりにあった親の家は、もう無人になっていて、男が足しげく通った家には、柿の木がみごとに紅葉しているだけであった。

もちろん、女も他所へ移っている。

そこで男が詠み、女に送った歌は「人が住むこともなく、荒れはててしまった家に来てみると、いまこそ木の葉が錦のように美しいばかりでした」という一首である。

これを見て女は心につらくは思ったが、感ひとしおなるものがあった。そこで返歌をしためた。「涙までが時雨に加わって、昔の家は紅葉の濃さも、ましたのでしょう」。

歌はネズミモチの木の枝につけて送った。時は晩秋のころだったらしい。男も返歌を見て、しきりに感嘆した、という。

さて、この話を皆さんはどう受け取っただろう。前半は男の移り気から、女が不幸に泣いた

という話である。よくある話だといえばいかにも情ないが、女が情にほだされて男に身を許し、一方、男は結婚も一つの道具として政界にのし上がっていく、という構造は、いかにも世俗的で平凡な話題ですらある。

ということは、人間の世にはこんな悲劇がきっちりと組みこまれている、ということだ。もう一つ、女の激情を親がいさめる。しかし女はいうことを聞かず、結局は親のいうとおりにしておけばよかったということになる。これもごくありふれた世間話ではないか。

何千年、人間はこんないきさつを、恋の上にくり返してきただろう。それならいいかげんで利巧になって、親のいうことを聞けばよいのに、そういうわけにはいかないのが人間である。

ここにもまた、人間の逃れがたい、人生のしくみが見える。

ところが後半はどうか。男が臆面もなく女の家をたずねていって、「柿の木が紅葉していた」といったとたんに、女は感動して「涙と時雨が紅葉させたのでしょう」と答えたという。その結果、男もしきりに感心した、というのである。

女はなぜ、しゃあしゃあとしている男を怒らないのか。男も他の女を出世の踏み台にしていながら、女から返歌されると「りっぱだ、りっぱだ」と喜んでいられるものか。現代人からは、正直なところ理解できないだろう。

にもかかわらず、どうしてこんなことが起こるのか。

「九月ばかりのことなるべし」という晩秋の景色は、二人の男女の間に移ろっていった愛の風情と、あきらかに重なっている。ひとり取り残された女の落魄《らくはく》は、秋のいろどりを帯びているともいえる。

そうした秋景色の中で紅葉が錦のようにみごとだと、移ろいや落魄そのものが錦として輝き、すべての人事の恨みは自然の中に吸収されてしまうらしい。

返歌はいう。紅葉がすばらしいのは涙と時雨のせいです、と。悲恋の涙はむしろ美しい自然を生みだす功績さえたてているのである。

このように、自然と人事は切りはなすことがむずかしい。現代人は、秋といえば四つの季節の一つ、盛りがすぎて冬に向かう時期のことだとしか考えないが、人生にも四季がある。主人公の二人の男女にとって、恋は盛りの夏をすぎた恋だ。年齢もまた、そうだろう。人生の秋、恋の秋にいるといってよい。それなら、凋落の秋が紅葉によって美しいように、恋の秋も錦にいろどられることで、美しいと考えていい。

古典人にとっての自然とは、そのようなものであった。だから自然と人間は重なり合いこそすれ、対立などするものではなかった。

むしろ同質のものだから、あえて名前をあたえる必要はなかったのである。

草木の魂——増鏡

もう一つの古典からも、古典人の自然の見方をみてみよう。こちらは歴史物語の一つとされる増鏡《ますかがみ》の一節。新古今集を勅撰した後鳥羽院が歌の才能をこよなく愛した、若き宮内卿についての逸話である。この千五百番の歌合の時、

院の上のたまふやう、「こたみは、みな世に許《ゆ》りたる古き道の者どもなり。宮内卿はま

だしかるべけれども、けしうはあらずと見ゆめればなん。かまへてまろが面起《おもておこ》すばかり、よき歌つかうまつれ」と仰せらるるに、面うち赤めて涙ぐみてさぶらひけるけしき、限りなき好きのほども、あはれにぞ見えける。

さてその御百首の歌、

いづれもとりどりなる中に、

薄き濃き野辺の緑の若草に　跡まで見ゆる雪のむら消え

草の緑の濃き薄き色にて、去年《こぞ》の古雪《ふるゆき》の遅く疾《と》く消えける程を、推し量りたる心ばへなど、まだしからん人は、いと思ひよりがたくや。この人、年つもるまであらましかば、げにいかばかり目に見えぬ鬼神《おにがみ》をも動かしなましに、若くて失せにし、いといとほしくあたらしくなん。

だいたいの意味は、次のとおりである。

千五百番という大量の歌合せが企画された時、後鳥羽院が宮内卿に「今回の参加者はみな世間に通る熟達者だ。お前の力量はまだまだだが、参加させることはおかしくない。心して私の面目をほどこすような、いい歌を作れ」と仰せられると宮内卿は顔を赤らめて涙ぐんでいた様子で、歌道熱心のほどもすばらしかった。

当日の歌はみなりっぱだったが、その中で宮内卿は「野辺の草の緑色の濃淡で、雪のむら消えがわかる」と詠んだ。緑の濃淡で去年の雪の消え方のちがいを推量した趣向など、未熟な人は思いよらないだろう。

この人は長生きをすれば、どれほどか鬼神をも感動させただろうが、若死にしてしまったことはあわれにも残念である。

千五百番歌合は建仁元年（一二〇二）に三十人の歌人たちによって行われた。一人に百首ずつの歌を作らせ、それを千五百組として優劣をきそった。その中には藤原俊成、その子定家などがおり、宮内卿はその中に加えられたのである。

卿は何とこの時十二、三歳であった。天才といってよいだろう。しかし天才はえてして死を急ぎすぎる。卿も歌合せから六年後十八、九歳でこの世を去った。

ちなみに歌合せの時、俊成は八十八歳、定家は四十歳である。

院の評価がいかに高かったかもわかるし、面うち赤らめて涙ぐんでいた様子も想像できる。右の文章も、ただ歌の出来がよかったというだけではない。院の信頼、卿の初々しさ、その上での名歌の賞賛となっている。

さてそこで歌だが、率直にいって雪が早く消えたから現在緑色が濃く、いつまでも雪が残っていたから芽生えも遅くて、まだ青々としていないといっても、それほど現代の読者が感動するか、疑問である。

単なる思いつきではないか。さらに本当にそうだろうか。仮に本当だとしても、ハハアそうかと思うだけで、それ以上のおもしろみはない、といわれそうにも思える。

ところが、どうもそのレベルで理解するのは、よくないらしい。それこそ増鏡の作者（二条良基《よしもと》という説がある）から「まだしからん人は、いと思ひよりがたくや」といわれそうである。

要するにこの歌は目の前の草を詠んだだけではなく、その草ごとにもっている過去、しかも別々に背負っている過去をなお拭いきれずに、別々に生い育っているという見方が、当時の人びとに絶賛されたのである。

草の個人差といえば、もう草は人間と区別できない。それほどに草に立ち入ると、草は人間と別物ではなくなる。

じつは以前、わたしは有名な「年々歳々花あい似たり　歳々年々人同じからず」という詩句（作者は劉廷芝とも宋之問ともいわれる）に異論をとなえたことがある。よく植物を観察すると、一株ごとに花は別である。花がよく咲く年とみすぼらしい花しかつけない年とある。要するに、「花あい似たり」などというのはきわめて大まかな表現であって、実際には区別がある。草には個人差（？）がある、といってもよいだろう。草にも太郎、次郎がいるのである。

こうした微妙な草の生き方を見つめたのは、いまの場合、宮内卿のやわらかでやさしい繊細な感性だったが、しかし自然の生態にも人生と同じような時間を感じ、個別の差別を人間同様に認めることは、ひろく一般的な認識でもあった。

ところで、増鏡は引用した部分の前で、長ながと、それこそ宮内卿の過去を語る。宮内卿は村上天皇の後裔《こうえい》で、左大臣、源俊房の子孫だから高い家柄の人だったが、久しく四位という低い位に甘んじて亡くなった源師光《みなもとのもろみつ》の娘だった、と。

まるで、宮内卿自身が若草であって、過去のせいで緑はまだ薄いと、いわんばかりである。いや、増鏡をずっと読んでいった読者は、こうした宮内卿が古雪による緑の濃淡を詠んだと語られてしまうのだから、卿の過去と若草の過去は、いやでも重ねられることになる。

いったい、これほどに人間の姿をとり入れた草木とは、今日われわれがよぶ自然というものと同じだろうか。いまや自然はきわめて物質的で感情も意志もなく、人間が戦いをいどみ征服して人間に奉仕させるものとしては存在していない。

また「おのずから」が「自然」の特性であり、だから天地の万物を「自然」というのだとしたら、これは人間を「おのずから」でなく、わざとらしいものとして見た結果、両者を対立させたものである。しかし、正反対に、古典人の山川草木は人間とあい融和し、ともどもに生きて在る物であった。お互いに魂（古典人はこれを「もの」といった）を持つ者としてまなざしを交わす物だったことを、古典は教えてくれる。

V 茶のことば

点てる　たてる

茶を点《た》てるといい、点茶《てんちゃ》、点前《てまえ》ともいう。

ではなぜ「たてる」というのか。そして、なぜ点という字を書くのか。

この難問にも、いままでいくつかの解答がある。たとえば「たてる」とは風呂を沸《わ》かすことを「湯をたてる」というのと同じだとする。しかしこちらは茶をたてるのであって、何も茶を沸かすわけではない。

そのことを正直に区別して風呂を沸かす「たてる」と茶を「たてる」を別の使い方としてあげる辞典もある。だがこの辞典は「かきまわす。転じて抹茶を入れる」といって茶の入れ方は教えてくれるが、肝心のこのことをなぜ「たてる」というのかについては、そしらぬ顔である。

一方、漢字の「点」についても事情はひとしい。漢和辞典を見ると、点の用例を二十四項にわたって示しながら、抹茶を入れて攪拌する動作はこのいずれにも出てこない。

辛うじて「そそぐ」の訓があがっているが、これまた、湯をそそぎこそすれ、茶の葉をそそぐわけではない。

こうなると、そもそもの茶の大基本において正体不明に遭遇するのだから、頭を抱えこんでしまう。

そこであらためて考えてみよう。まず「たてる」について。語の本質は用例の全体を束ねるところにある。

そう考えると、まさしく「たつ」「たてる」の中心は「顕《た》つ」（はっきりと現れる）また「顕《た》つようにする」ことにある。名を立てるのも家を建てるのも、戸を閉てるのも生計を立てるのも、みんな顕在させることだ。

茶をたてるとは、まさに他人《ひと》を立てるようにみごとに自らを退《ひ》き、茶を茶たらしめることなのである。「たてる」とは、湯を沸かしその湯を汲み茶碗に注ぎ、抹茶を生き生きと誘い立てることになる。まさしく正鵠《せいこく》を射ているではないか。

では「点」はどうか。

「点」の文字の本質は小ささにある。点火、点描、点在――。抹茶を喫するべく仕立てあげる作業を、へり下ってささやかな行為とみた結果が「点てる」だったのである。

そして「点心の点は点茶の点と義を同じくす」（もと漢文『剪灯新話《せんとうしんわ》』）という。点心とは周知のとおり中国の間食、ごく簡単な食事のことだが、点茶が点心にひとしいなら、点茶は俄然輝きを放って迫ってくる。なぜなら点心は少しの食を心胸の間に点ずるもので「心胸を点改する」ものだからである。

もう点茶の意味するところを疑う余地はあるまい。ささやかに茶を茶たらしめることによって人を安らかな心境へと導く、ささやかな行為が点茶だったのである。

この美しきストイシズムはやはり茶の大原理であった。

市中の山居　しちゅうのさんきょ

千利休の茶室をジョアン・ロドリゲスは「市中の山居」とよんだ（『日本教会史』）。

この山居が中国の晋《しん》、王康琚《おうこうきょ》の「小隠は陵藪《りょうそう》に隠《かく》れ　大隠《たいいん》は朝市に隠る」（反招隠詩《はんしょういんし》）の伝統をひくことは以前ふれたことがある（拙著『情に生きる日本人』ウェッジ）。

だから単に田舎家ふうな建物を作ったというわけではない。

そもそも隠士とは清廉《せいれん》な志をもつ人物のことで、彼らは世俗の中で志をまげて出世の道をたどることを潔《いさぎよし》としないから、山中に隠れるのがふつうだった。

たとえば中国古代の許由《きょゆ》もその一人。聖人とされる堯《ぎょう》が位を譲ろうとしても山中に隠れて出てこなかった。じつはそのことを語る「沛沢《はいたく》の中に隠る」（嵇康《けいこう》『高士伝《こうしでん》』）という表現を逆転させたことばが上掲の「朝市に隠る」だろう。市中の山居とは、沛沢に隠れる思想を逆手にとったところに真意がある。

利休が、あえて窮巷《きゅうこう》の中にいながら高潔な志をもつという、大きな逆説が、「市中の山居」だったのである。

このような行動者の先人には、同じく嵇康『高士伝』が紹介する段千木《だんせんぼく》がいる。彼も魏《ぎ》の国に仕えず「千木、勢に趣《おもむ》かず窮巷に隠れ処《お》り」（同前書）とある。

当然、権勢に媚びない生活は、貧困をきわめるだろう。「市中の山居」には自分こそ大隠だという自負の他に、もう一つ「貧」に徹するという主張も見える。

「貧」の代表格はもちろん顔回だろう。いうまでもなく孔子の愛弟子。孔子が顔回に向かって「家貧しく卑しきに居る　胡《なん》ぞ仕《つか》へざるや」（『荘子』）と問うたほどだった。

先にあげた詩の「招隠」とは、隠士に憧れるという意味だが、隠士と高潔と貧窮とはみごとな三角形をなして結ばれている。利休がさまざまにもくろんだ貧や賤、俗はみずからを隠士になぞらえようとする現れにほかならない。

とすると、市中の山居の主である利休には、もう一つ、出仕を拒否する志があったのかもしれない。

ただ、極端な言い方をすれば、勧誘もされないのに、拒否などありえない。隠士の中でも、朝市の世俗の真中にあって貧困をきわめるにもかかわらず、あえて拒否する気高き士をこそ大隠というのだから。

はたして利休に、胸中に秘めた権勢への魅惑の念が、あったか。

もしあればその上で、戦国乱世の権謀術数に翻弄される人間の生き方から芽生えた大悟が、この市中の山居だということになる。

しかし、いやだからか、彼は権力者から自害を強いられた。「市中の山居」はロドリゲスから与えられたことばでありながら、この住居が伝えてくる内容は、生やさしいものではない。

露地　ろじ

いうまでもなく、露地とは茶室の庭のことである。

よく、門を入って茶室にいたる路、植込みなどもあって狭くしつらえられている小径《こみち》のことだと思われがちだが、そうではない。おそらくこの誤解は、むさ苦しく立てこんだ家の裏路地と発音が同じことによるのだろう。

以前、ある植物のことを話題としていた時、「ロジにじかに植えられますね」というと、「いや広い庭でも大丈夫です」と言われたことがあった。これも露地を路地と間違えられた結果だろう。

『大漢和辞典』でも「露地」について「茶室の入口」と「市街の人家の間の狭い道」という説明を並べて掲げているから、裏路地にも露地の表記が認められているのだろう。

そこでいま改めて「露地」を取り上げようと思うにいたったのだが、覆う物もない土地をさす「露地」が、むしろ草木にみちた茶室の庭を意味するようになぜなったかは、たいへん重要なことだ。

ここを露地と名づけたのは、千利休だといわれる（『原色茶道大辞典』）。彼はこのことばを『法華経』から採用した。

『法華経』（第三、譬喩品《ひゆぼん》）によると、釈尊は世の人びとを火宅のような世間の煩悩から救う方法として、「子どもたちに『露地に珍しい物がある。すぐ行きなさい』と言うと、子どもたちは争って火宅の焔《ほのお》を逃れながら露地へ出てくるだろう」と教えたという。

煩悩の焔が燃えさかる火宅のような世間を出て、何の心のかげりもない露地の安らぎの中に入ることこそが人間の幸せだと説く釈迦の、みごとなたとえ話である。利休はこれをたくみに応用して、茶室をとりまく世界を、この煩悩離出の清浄世界と想定した。

ところで、釈尊の時代から下って六世紀後半、中国の僧・慧遠《えおん》が著した『大乗義章《だいじょうぎしょう》』（十五巻）には「露地ニ坐スルハ、樹下蔭湿《いんしつ》ニシテ久シク居レバ患《わざわい》ヲ致ス。故ニ露地ニ至ル」とあるから、広々として開放的な空間が、悟りのために必要だったことがここでも確認される。

しかし折角の露地が狭い小径のようになり、樹下蔭湿さながらの裏路地ふうになってしまいがちなのが現代である。まったく正反対の印象をもたせることも、否定できない。

その最大の理由は、逆に広大な平面を占めて「火宅」が広がり、一方の本当に清浄な空間が圧迫されつづけている現代の都市事情にあるのではないか。

現代の日本は、これほどに大きくて悲しい逆説《パラドックス》を背負いこんでいる。

それに抵抗しつつ、わずかに残されているのが茶の庭である。わたしたちはここで閑寂の趣をめでるだけでなく、ここここそが「火宅」の猛火をしりぞける空間だということを、より強くかみしめたいものである。

つくばい

茶室の入口近くに、手を洗う水を湛えた石がある。それを「つくばい」（蹲踞）という。いつだったか、わたしが最初にこの名前を聞いた時のふしぎさは、いまでも覚えている。「つくばい」といえば、「這《は》いつくばう」というように地上をごろごろする印象がある。そもそも「つくばい」自身が「突き這う」ことなのだから、四つん這いになることだ。

昔は残酷なしぐさがいくつもあって、相手を大声で威喝《いかつ》しては「三べん廻ってワンと言え」などという悪人どもがいた。まさに「這いつくばって、犬のように廻れ」という罵倒である。なぜ手洗石を、このように下賤な姿《なり》をもってよぶのだろう。

この石はそもそも手洗石というように身を清めるために水を溜《た》めた石である。神社に参拝すると、当然のように神前に手洗場があって、手と口を清める。きわめて自然科学的で合理的な汚れの排除は、ぜひ必要なことだ。

だから神前では堂々と手を洗うことを真似たのに、茶室の前では、「つくばえ」というのである。

そういえば茶室へと露地をたどるプロセスには、丈《たけ》の低い門を「くぐり」、茶室の入口では身を「かがめ」、中に「にじり」入る。どれも身をかがめざるをえないように作られている。

どうもこれらは、茶の重大な要求らしい。この要求が、くぐれ、かがめ、にじれ、そしてつくばえ、というものである。

しかしこれらは、いずれも冴えない。何か、体を不自然に折り曲げて、圧迫に耐えて、時としては卑屈に動いている様子しか浮かんでこない。

なぜなのだろう。じつはわたしは以前「捨てる」という論文を書いた（拙著『日本文学と死』新典社）。そこでわたしは浄土思想を主として「日本人はつねに常識、偽制、権威といったものの正体への絶望と、それへの断念を表明して来たように思える」といった。

茶は、この露地の構造ひとつをとってみても、こうした日本人の放下の思想の根幹に、強力に参加しているのではないか。

いや、強力さは、ただものではない。自らの身を卑賤にまで落としめ、捨身を自己鍛錬にまで徹底させて、生きることの本質を見きわめようとするのである。

いやいや、そう重い言い方をすると、この「捨てる」ことの意義が、かえって損なわれてしまうだろう。

梟の手水鉢

ふくろうのちょうずばち

以前、金沢の尾山神社に「梟《ふくろう》の手水鉢」があると聞いて、見に行ったことがある。なるほど梟とおぼしき浮き彫りをもった手水鉢が置かれていた。むしろ所在なげに、といったふうであった。

なぜ手水鉢に梟の彫刻があるのか。一見梟と手水鉢とは不釣り合いに思うが、そもそもこれが宝篋印塔《ほうきょういんとう》の塔身を利用したものだというから、由来はわかる。

宝篋印塔は宝篋印陀羅尼《だらに》（梵語《ぼんご》による呪文）を納める塔だったが、のちに供養塔や墓碑の塔となった。中には宝篋印塔型につくった墓もある。

となると、古く冥界の死者の守護鳥だった梟が供養塔に彫られたことには、必然性がある。

わたしが見た墓守りの梟で最古のものは中国の商時代（前一六〇〇―前一一〇〇）の、有名な婦《ふ》好墓《こうぼ》のそれである。

塔身は陀羅尼や墓碑を収めるところだから、死者にとってもっとも主要な塔の部分を、梟が守っていることになる。

しかしそれにしても塔身を水で満たすことに、違和感はなかったのだろうか。

そこで思い出すのが饕餮文《とうてつもん》という古代青銅器をとりまく怪獣の文様である。この迷路のように複雑な細かい文様は、そもそも神や霊に捧げる酒壺の神秘な飾りだった。しかもこれはふつう動物の鼻を対称軸として広がるとされるが、わたしには梟の鼻、嘴《くちばし》が中心で左右に目があるように見える（『中西進著作集』第六巻、四季社）。

一方、ルーマニア地方に前四〇〇〇年ごろ栄えた文明の遺跡から出土した器には、鳥女神の顔と流水の文様がある（マリア・ギンブタス『古ヨーロッパの神々』言叢社）。つまり古代ユーラシア一帯に鳥と水の文様が広くゆき渡っていたらしい。この文様は酒や水を湛《たた》える祭器に、ふさわしかったのだろう。

梟の文様には長い歴史にわたる、人びとの承認があったことになる。

しかしそれをいっきょに手を浄める手水鉢としたのは、茶の精神である。宝篋印塔が今日見るような型に定まったのは鎌倉以降だという。おびただしい戦死者を生んだ時代を歴《へ》て完成した塔身に、茶人は水を満たし死者の霊を守る梟を飾りとしたのだ。

このような塔身の水で、手ばかりか身も心も清浄にした後にはじめて茶の世界に入れるとは、すさまじいばかりの心熱と極北を極める魂の緊縮がある。

とくに茶人には周りに多くの屍を積んだ武人たちがいた。死霊を荘厳する梟の水に手をひたすことは、戦場に見た修羅を蘇らせる行為だったか。

塔身での清めを、茶に必須な修羅の記憶の再生装置として、彼らはあえて不吉な鳥をもって手水鉢をよんだにちがいない。

躙口　にじりぐち

茶室の入口はなぜ小さいのか。躙口とよばれるこの入口の、「にじる」とはどのような内容をさすのか。

この点について、わび茶の完成者といわれる千宗旦（一五七八―一六五八）は能の「くぐり」、今は「踣アガリ《ニジリ》」といわれる賤《いや》しいことばをもって入口に名づけたという（『茶譜』）。能とは死霊が演じるドラマである。この、世俗の生者が死霊と化する舞台の境目に「にじり」という動作を求めた精神を利休が継承することは、大いにありうる。

この場合の「賤言葉《いやしきことば》」とは、虚飾をそぎ落としたことばという意味であろう。

もっとも、宗旦と同時代の松屋久重（一五六六―一六五二）は、大坂、枚方の舟入（船着き場）で、舟の屋形から出る人間の姿をおそらく利休が見たのであろう、「くぐりに出づるを」わびていておもしろいとばかりに茶室に応用したと語る（『松屋日記』）。

これまた賤《しず》の姿を造作としてとり入れる利休の試みとしてうなずくことができる。舟入も利休のいう「市井の田舎」に貢献しているのだが、ただおもしろいということばに軽い思い着きがあるようにも思う。

ところで一方、スケールの大きい想像もある。小説ではあるが三浦綾子の『千利休とその妻たち』（主婦の友社）では、きりしたんの人妻おりきから聖書のことばをきいて、利休がこの入口を考案したことになっている。『新約聖書』（マタイ伝7・13）の「狭い門から入りなさい」（新共同訳、日本聖書協会）がそれである。滅びへの門は広く、命への門は狭いという。

ところでこのことばは近代に到ってフランスのアンドレ・ジッドが『狭き門』を書き、神への信仰のために恋を断念して自死を果たした女性を描いて話題となった。のみならず姉妹と一人の男性との恋は源氏物語の宇治の大君や自死を試みる浮舟姉妹のそれとテーマがひとしく、ジッドを媒体として、聖書と源氏と茶との三角図形を躙口の背景に描くことができる。

生と死をめぐる、躙口の広大な背景である。

このように躙口が生と死の通過儀礼《イニシエーション》をつかさどるなら、日本人に根源的な神事を思い出さなければならない。旧暦六月、夏越《なごし》の祭に茅《ち》がやの輪をくぐり、命の無事を祈った「茅の輪くぐり」の神事である。こんな神事も秘めながら、能から茶へと手渡しされた、「くぐる」「にじる」動作を求める儀礼装置が躙口の様式だったのではないか。

その源の一つに聖書の狭き門を加えることもできるが、その時には彼らが命と名づけた門の彼方が、日本人にとっては死や滅びという名の命であったことを、もっとも重要な内容と考えなければならないだろう。

匙

さじ

「匙」といえば往年の名作、中勘助の『銀の匙』を思い出す。きらりと光る銀のスプーンは、多くの人が少年のころの記憶とともにもちつづけている物の一つであろう。

母親の思い出とともに、というのがよいだろうか。

そういえばよく料理の本などに「大さじ一杯」とか「小さじ少々」と書かれているのを見かける。計量の目安になるほどの日常品が匙であろう。

ところがこれは正しくは「茶匙《さじ》」である。匙自体が物を掬《すく》う道具だったし、薬品にも用いられただろうのに、もっぱら茶を掬う道具として広く一般に認識され「茶匙」という熟語も誕生したらしい。

同じ例はたくさんある。御飯を盛りながら茶碗というのも同じだし、本来麻を入れた桶《おけ》が麻笥《を(お)け》だったのに、もう誰もそんなことを忘れて、風呂場で風呂桶とよんでいるのとも、ひとしい。

物を掬う道具は、本来の大和ことばでは「かひ」といった。海岸の貝を「かひ」とよぶのも、これをもって物を掬ったことによる名前だろう。いまでも貝に木の柄をつけた土産物を海辺の店で見かけたりする。

それとは別に「さじ」は茶の道具として輸入品がもっていた名前だったのである。茶がこれほど生活一般に浸透していることにも、あらためて驚く。

さらに興味深いことに「さじ」ということばは、早ばやと十世紀後半に書かれたうつほ物語（国譲・下）に見えるが、唐櫃《からびつ》に入れた「しろがねのはち・かなまり・はし・かひ・さじ」とあるように茶匙は、銀製である。ともども毒物反応に応じた食器、用具であろう。

古くから匙は、金属製の匙が存在したらしい。そしてまさに銀の匙は、薬でもあった茶を掬う道具として使われたのではないか。

今日のわび茶からみると異様かもしれないが、茶にも唐物好みがあったのだから、金属製の茶匙もその一つにちがいない。香道では今日でも銀の香匙《こうさじ》を使う。

ところで銀の匙はやがてわび茶における竹の茶杓へと変貌する。いや、茶匙はやがて茶杓へと芸術的な変化を遂げたというべきだろう。

どうみてもスプーンの印象が拭えない茶匙を、先端に櫂先《かいさき》を残しながら竹の茶杓にしてしまったわび茶のこだわりは、みごとなばかりである。

「すくう」物として、竹林のしなやかさを応用しようとした茶杓の着想の卓抜さ。櫂先で掬いとるほどの用量で茶の本質を見極めようとする、細《くわ》しき美の追尋。日本人の飲食《おんじき》における「匙」の発展の中で「茶匙」が果たした役割は限りなく大きい。

もちろん、この思い入れにも匙加減が必要なことはいうまでもない。

風炉　ふろ

「ふろ」と聞くとまず風呂を思い出すのが一般だろうか。もちろん茶事に素養がある人は、風炉だとすぐわかるが、一般には囲炉裏がよく知られているから、畳を掘り下げた炉に風が吹くようでふしぎに思う。じつは風炉は囲炉裏より前からあったのだが、勝手に囲炉裏にはない風雅の気分を味わいかねない。少なくともわたしは、台子の上の炉を「風の炉」として素晴らしい韻《ひびき》を味わってきた。

そもそも風炉《ふうろ》（正しくは風爐）の語は唐の陸羽の『茶経』に登場し、日本には空海が伝えたというから歴史は古い。九世紀初頭のころ以来日本人もこのことばを、おそらく早ばやと「ふろ」と発音して大切にしてきたことになる。

いや、大切にしたというのは『茶経』に風炉の姿を「古き鼎《かなえ》の形の如し」（原・漢文）とあるからだ。三本足はもっとも安定した姿を保つもので、鼎は古く神に捧げる酒を入れる器であった。そのような尊い器に形を揃えることには、ふしぎな香りと妙なる力をもつ茶への敬意が示されている。

風炉は美しく尊い形を装うものだったのである。

その上に「風」とは何ぞや。鼎に風を招きよせる火窓をあけたからにちがいない。いま風炉には胴の一部を大きく開けた「前欠き風炉」と、風炉の口の縁《ふち》を丸く作った上で肩の一部に火窓を開けた「眉風炉」とがあるが、いずれも風を受ける仕様である。

だから前欠きはさらに風受けを大きくしたにすぎないのに、これはこれで形を完成させている。

さてそこで、わたしはまた、この火窓付きの風炉を眉風炉というポエジーに、改めておどろく。眉風炉というよび名は、火窓の上の眉に彫刻があることによるらしいが、窓を目とし、その上にわずかな眉を見てとる幻想はまさに絶妙である。のみならず風炉にも鶴首風炉、雲龍風炉など、特徴に美しい修辞をあたえるのも茶道の美である。

いやこのポエジーは風炉そのものを超えて広がる。風炉を使わない時にかける覆《おお》いを雪洞《せっとう》とよぶ。雪洞といえばふつうには、桃の節句の「ぼんぼり」を連想してしまうのではないか。

そのとおりに、中に火をやどすべき風炉は、火をもたない冬の間でも、まるで光源のように内にともる灯を思わせる。

また「風炉先屏風」という小屏風のよび名も、この小形な折り屏風の風情を言いおおせてじゅうぶんである。わたしの元にもいま一つ、風炉先屏風がある。豊道春海門の故柳沼貫洞女が万葉集の和歌を書いた、小色紙七枚を貼り交《ま》ぜたものだ。風炉先屏風のよび名も愛《め》でながら、わたしはこれを長く愛蔵している。

そろり

わたしが理事長をつとめる一般社団法人日本学基金で日本学賞の正賞を決めるとき、「そろり」と銘うった青銅の花入（高さ二七・二センチ、幅・奥行ともに七センチ）を選んだ。この形の花入の伝統を愛《め》でて、日本学賞にふさわしいと考えたからである。そして同時に、「そろり」という語感がいたく気に入ったからでもあった。

そろり型とされる代表の花入は「鶴一声」と命銘された胡銅の物（高さ二六・六センチ、幅・奥行七・八センチ）であろう。鶴が首を上げて一声かん高く鳴いた姿によって命銘されたと理解すれば、およそ姿も想像できるだろう。「そろり」の名は山上宗二記に「花入事」として見え、「古銅無紋の花入、紹鷗天下無双の花入也」とある。

さてそこで、異様に頸《くび》の長い桃尻形のこのような花入を、なぜ「そろり」というのかに、興味がうつる。

そろりとは緩やかな動きをいうのだから、この頸の細長さを、そろりと突き上げた姿と見た結果だろうか。

じつはそろりといえばだれもがすぐ思い出す人物がいるのではないか。太閤秀吉が愛した曽呂利新左衛門、その人である。

彼は堺の鞘師《さやし》だったという。そのつくるところの鞘に刀がそろりと入ったので、世にそろりと通称されたという。となるとこの花入の頸を鞘に見立てて、刀がそろりと入りそうな花入だと思ったことになる。

しかしこれは、どうも腑《ふ》におちない。曽呂利新左衛門は頓智《とんち》の名手で、この名の由来も曽呂利狂歌咄《ばなし》という仮名草子に出てくるものだから、頓智の一つかもしれない。

そこでわたしは、話が逆ではないかと思いつづけてきた。なにしろ鶴の一声に見立てられたほどの頸の長さだ。これは、胴からそろりと首を伸ばした姿と見ることの方が穏当だろう。

そして、その結果このような長頸になると、中国の「長頸烏喙《ちょうけいうかい》」（首が長く、口の格好がカラスのくちばしに似ている）を連想せざるをえない。これは越の王・勾践《こうせん》の人相。猜疑《さいぎ》心が強く安心できない悪相である。

新左衛門は長頸の持ち主だったろうか。いや権力者の側近の道化者は、故意に自分の悪相を誇張して、得意の軽口をもって出世したのではないか。この身の振り方も咄の者の常である。

わたしの推測が当たっているとしたら、そろりの花入もとんだ災難となるが、道楽には必ず遊び心がついてまわる。だいたいこれほど花入を細い長頸にすること自体が長頸烏喙を気どってみた遊び心だったのではないかと思われるほどだ。

その上でわたしは「そろり」とよぶことばのユーモアを、喫茶そのもののゆとりだと、楽しんでいるのである。

膝行　しっこう

近ごろは立札や広間の茶席が多くなったから、畳の上に正座したなりの進退は、よほど少なくなっただろうが、いまでも、膝行という動作には茶の湯の香りがまとわりついている。ものの本でも茶道と小笠原礼法を例として膝行を語るものがある。

わたしの記憶にも、膝行のイメージはほの暗い奥座敷の中にある。それほどに礼儀正しい、由緒ある礼法が膝行だった。

とにかく膝行は古くは『荘子』に見える、貴人の前に進む座礼なのだから、厳粛さは抜群である。なぜなら膝を折ってしまえばもう歩けない。歩けない上で歩くという困難を体で表すのは、恐縮の極み、身の置き所のないことの表明に他ならない。一面にはわかりやすい、だからこそ、きっぱりとした決意の表現といえるだろう。

茶がこの清々《すがすが》しい謙譲をよしとすることは、よく理解できる。

しかしその上に、いっそうの精神性を求めたことも察しがつく。膝と行と、矛盾した二つのことばを組み合わせることで、動を抑止した静が生まれる。これではドタバタと大騒ぎをしてまわるわけにはいかない。

そもそも膝行は中国語だが、これに対応する日本語はすでに十世紀から見られる「ゐさる」

である。これも「ゐる」（坐）と「さる」（去・行）との、矛盾した二つのことばを組み合わせて膝行を表現したものだから、性格はひとしい。

茶は、この動の抑止を汲みとって茶の精神との合致を求めたのではないか。禅の修行ではまず座ることが重んじられる。それと茶の湯が通じると、茶の本は説く。

茶は点《た》てなければならないから、そのためには反対に、身体が浮き立つことを抑止しなければならないということだ。

そしてまたわたしは、「ゐさる」ことが、「にじる」ことと一連の行為のように思う。室外で「つくばひ」、入口で「にじり」、室内で「ゐさる」、この「丈くらむ」ことのみごとな一流れの要求は、茶の揺るぎない思想にちがいない。いささかも破綻のない、美しいまでの断言が、この中にある。

いうまでもなく、これらは平俗を尊ぶ思想である。いやそれが、卑俗とさえいえる物までも再吟味した上で発見した価値だったことを、右にもあげたことばが一貫して示している。試みに漢字を宛ててみると蹲、躙、躄、晦。これらへの凝視の中にわび茶の本体がある。

この重心の低い思想の、重力は大きい。周辺に修羅闘争の音響を聞きとめながら、わび茶の先人たちは、虚飾のないいのちを求めていたのである。

半東　はんとう

「はんとう」ということばを、若いころ漠然と「搬当」かと一人合点していたことがある。とんだ笑い話である。

だから本当は「半東」だと知った時の驚きと不可思議さは大きい。と同時に「半東」という文字はなおふしぎを秘めていた。

もちろん通説は疑う余地がない。すなわち「飯頭《はんとう》」のことだと理解してよいだろう。飯頭は日本でハントウまたハンジュウと発音される、禅宗で飯を大衆に供した典座の下役の僧のことである。

辞書には「飯を主とする者は自《おのづ》から飯頭となり、菜《さい》を主とする者は自から菜頭となる。余《あま》りは皆これに倣《なら》へ」（『禅苑清規』）があげられている。そのハントウの発音に平俗な半東の字を宛てた。何と本来半東は懐石の主宰者であった。

ところが昨今、当の半東は何も食事をしきる主《あるじ》ではない。茶をふるまうのも亭主なら、懐石の席も亭主がもてなすではないか。茶と飯の間に、けして区別があるわけではない。

しかし一方、茶席も懐石の席も主としてふるまう亭主が、みな茶頭と見なされているかというと、そうでもない。

そのことを思いうかべると、茶頭も亭主も半東もそれぞれが別々に適切な内容をもつことばであることに感心する。

茶の万般を心得た主こそ、茶頭とよぶのがふさわしいであろう。

一方、一つひとつの席を主導する亭主がいるのも当然である。

しかし茶を点てる者をこそ亭主だとする心、懐石ばかりか茶席の段取り、取り計らいまで一切を行うのが亭主の役割だとつきつめて考えれば、おのずから茶をふるまう役を「飯頭」として、亭主の補佐役に当てることになるではないか。

その時に半東の文字がよく活きてくる。東は主を表す。賓《ひん》（客）に対して主は東にすわるのが中国古来のならわしだからだ。もちろんこれは、太陽の東から西への運行と呼応する思想である。

この東《あるじ》なる者を助ける茶席の世話人を「半《なか》ばの東」とよぶことの巧みさ。それを思うと半東は単なる飯頭の宛て字を越えて、茶の精神を表すことになる。

飯頭の側からすれば、半東には茶頭ともいえる亭主への謙譲の心もこもる。

飯頭を半東と置きかえた表現の平明さも、半東として亭主の下等に身を置く精神も、手洗石をつくばいといい、入口をにじり口と称した茶のすべての常道と、よく合致してくる。

ここには、風炉がたてる澄明な湯の音色さえ、聞こえてくるようである。

丈くらむ　たけくらむ

茶の湯の開山とされる村田珠光《しゅこう》（一四二三―一五〇二）の心の文は、古来もっとも尊重されてきた文書の一つだが、そこにはわび茶とよばれる茶の精神についての、すぐれた見解がみえる。その一節で彼はこういう（読みやすいように、表記を改め、また仮名を振る）。

　また、当時冷《ひ》え枯るると申して、初心《しょしん》の人体《にんてい》が、肥前《ひぜん》物、信楽《しがらき》物などを持ちて、人も聴《ゆる》さぬたけくらむこと、言語道断《ごんごどうだん》なり。

口語訳ふうにいい直すと「また近ごろ冷えとか枯れるとかと称して、初心者が肥前、信楽の焼物を使って勝手に『たけくらむ』ことは許しがたい」ということになろう。

そしてさらにつづけて、本当の「枯れること」を説く。

「枯るる」といふことは良き道具を持ち、その味わひをよく知りて、心の下地《したじ》によりてたけくらみて、後《のち》まで冷え痩《や》せてこそ、面白くあるべきなり。

「枯れるとは、いい道具を持ち茶の味わいをじゅうぶん心得て、心の底から『たけくらんで』、後のちまでも冷え痩せていてこそおもしろいはずだ」というのである。

ここで知られることは「丈《たけ》の暗《くら》み」の大事さであろう。「丈」とは身の丈、自分をわきまえた振る舞いのこと。「暗み」とは陰翳《いんえい》をさす。

そこで「丈の暗さ」といえば、わたしは真先に藤原定家の筆とされる毎月抄《まいげつしょう》（一二一九年成立）を思い出す。ここに書かれた和歌の十種類の中に「長高体《たけたかきたい》」がある。珠光とは正反対に、着眼にも格調にも張りがある、勢をもつ歌を、ありうべき十体の一つとして定家は推奨した。折しも源平合戦のころ、丈はじゅうぶんの背景をもって主張されたが、丈は二百年後に暗みへと推移し、そこからわび茶が始まる。

ただ珠光も、一人合点な「たけくらみ」は言語道断だといい、反対に心底からの「たけくらみ」がおもしろいという。この点定家が同じ文章の中で、「有心体《うしんたい》」が「長高《たけたか》にもまた侍《はべ》るべし」というように、情緒の優位性は、両者とも変わってはいない。

しかし当時の現実主義者《モダニスト》・定家が主張する丈の高さを、丈の暗みに引きずり降ろした珠光の、冷えや痩せの心が滲み出た陰翳の美学は、大きく日本美を深化させる、勇敢な発言だったというべきだろう。

あとがき

素人のいうことだから当たっていないかもしれないが、映画やドラマの、いわゆるシナリオを見て、おどろいたことがある。

ふだん何の意識もなく見ているスクリーンやブラウン管の中の画面からは想像もできないが、シナリオに書かれているものは、ほとんど科白《せりふ》。たまに、ト書きというのだろうか、動作についてはごく簡単に書かれているだけだった。

「へえー、これだけか」と呟きながら、俳優たちの演技を想った。あの動作は、ほとんどが、これらごく僅《わず》かなことばで決定されているのである。

ことばとは、そういうものか。逆にいえば動作とはすべてことばのこころを演じるものなのか。

能面についてよくいわれることがある。すこし上を向けると笑い、うつむけると泣く表情になる、と。これも同じだろう。

もうこうなると、ことばはほとんどこころとひとしい。こころは、言語となり動作ということばによって現されているのだった。

長年、ことばの教育にたずさわって来、ことばを研究してきて、何程のこともないにせよ、このことばのもつ仕組みを味わってこられた歓びに、いまわたしはしみじみとひたっている。

その一端をここにまとめてみた。そしてこの歓びがたくさんの人に、うまく伝わってほしいと願っている。

本書は五年前の『日本人の愛したことば』同様、東京書籍の小島岳彦さんのおせわになった。前著は東日本大震災の直後、本書はまた熊本地震の余震の中にある。苛酷な現実の中で、本書が少しでも多くの方がたのこころの糧となればうれしい。

著　者

文月晦日

初出一覧

はじめに　指導と評価　2009.12、図書文化社刊

1 こころを見つめることば

はるか★プラス　2007.4～2011.10, ぎょうせい刊

II ことばの玉手箱

「スカートの裾を濡らしたい」　健康、2003.4 主婦の友インフォス情報社刊
「イケメンには謎の風が吹いている」公明新聞、2012.8.26
「一つを得ることは、一つを失うことでもある」公明新聞、2012.7.15
「決定できないことは大きな問題ではない」公明新聞、2012.10.7
「時間」図書、2008.04 、岩波書店刊
「モグラ」と「ウズラ」発見上手、2015.04
「ハクナ・マタタ」公明新聞、2012.11.18
「徳を積め」公明新聞、2012.1.29
「詩のことば」読売新聞（夕刊）、2007.1.9～2.13
「かりに」三田文学、2007 秋　慶應義塾大学刊
「花涅槃」中日新聞、2005.3.29
「優游涵泳」月刊武道、2012.3、日本武道館刊
「恋の痛み」弦、2008 春、弦短歌会刊
「仲麻呂の『月』」やまとみち、2005.7、JP 東海「やまとみちの会」刊
「宗祇の『花』」文藝春秋スペシャル、2008. 秋号
「詩の聖域を作ることば」短歌、2013.6、KADOKAWA 刊
「詩歌の色ことば」俳壇、2013.7、本阿弥書店刊
「親鸞のことば」現代スペシャル『親鸞とは何か』、2011.4、講談社刊
「ことごとく軽き灰なり」教育展望、1989.11、教育調査研究所刊

III うたことば12か月

淡交社ムック 茶の湯歳時記、1997.11.13、1997.2.28、1997.6.5.1997.8.25 淡交社刊
新日本大歳時記　春・夏・秋・冬　1999.10、1999.12、2000.2、2000.4、講談社刊
俳句『日本の俳人 100』2015.4 、S2013.6、KADOKAWA 刊
俳句α　2005.6、毎日新聞出版刊

IV 古典のことば

こいつァ春から　蛍雪時代、2002.4、旺文社刊
夏は夜　同、2002.7
秋のけはひたつままに 同、2002.10
夢は枯野を 同、2003.1
世のことも知らず　枕草子と伊勢物語に見る人間観察　同、2003.5
わが子羽ぐくめ　成尋阿闍梨母集と万葉集の母　同、2003.8
あまり思ひしみけむ　狭衣物語と父の終焉日記の愛　同、2003.11
涙さへ時雨にそひて　伊勢集と増鏡の自然と人間　同、2004.2

V 茶のことば

淡交、2014.1～2014.12、淡交社刊

著者略歴

中西進（なかにしすすむ）

1929年東京生まれ。国文学者。

東京大学大学院修了、文学博士。筑波大学教授、国際日本文化研究センター教授、プリンストン大学客員教授、大阪女子大学学長、京都市立芸術大学学長などを経て、現在、高志の国文学館館長、日本学基金理事長。

日本学術会議会員、日本比較文学会会長、東アジア比較文化国際会議会長を歴任。日本学士院賞、読売文学賞、大佛次郎賞、和辻哲郎文化賞、菊池寛賞ほか受賞多数。2013年、文化勲章受章。

著書は『中西進著作集』(全36巻・四季社)、『中西進　日本文化をよむ』(全6巻・小沢書店)、『中西進　万葉論集』(全8巻・講談社) などのほか、『ひらがなでよめばわかる日本語』(新潮文庫)、『美しい日本語の風景』(淡交社)、『日本語の力』(集英社文庫)、『日本人の忘れもの』シリーズ (ウェッジ)、『辞世のことば』(中公新書)、『国家を築いたしなやかな日本知』(ウェッジ)、『こころの日本文化史』(岩波書店)、『うたう天皇』(白水社)、『日本人の愛したことば』(小社) ほかがある。

装丁　片岡忠彦

ことばのこころ

平成二十八年九月一日　第一刷発行

著　者　中西進

発行者　千石雅仁

発行所　東京書籍株式会社
〒一一四―八五二四
東京都北区堀船二―一七―一
電話〇三（五三九〇）七五三一（営業）
〇三（五三九〇）七五〇七（編集）

印刷・製本　株式会社リーブルテック

ISBN978-4-487-80978-3 C0095

http://www.tokyo-shoseki.co.jp

姉妹編

日本人の愛したことば

中西進 著　東京書籍版